KB107040

# 벽암시록 진진삼매

碧巖詩錄 塵塵三昧

발우鉢盂에 밥이 꽉 차서 엿볼 틈이 없다

물통의 물은 물이라서

물통 밖은 상관 않는다

발우鉢盂도 물통에게도 손잡이가 없구나!

# 벽암시록 진진삼매

碧巖詩錄 塵塵三昧

**황성곤 선시조집**

불교문예

불교문예출판부

## ■ 머리글

설두중현(雪竇重顯:980-1052)스님의 「설두송고」를 원오극근(圓悟克勤:1063-1135)스님이 제창한 것이 「벽암록碧巖錄」이다. 벽암록의 구성은 1칙부터 100칙까지 설두스님의 본칙本則, 송頌과 원오스님의 수시垂示와 착어著語, 평창評唱으로 되어 있다.

이 시집은 벽암록 중 설두스님의 본칙만을 뽑아 선문답의 배경과 선미禪味를 교감하여 우리의 전통 시조로 노래한 선禪시조집이다. 사실 선시禪詩 자체에 대한 어려움과 더불어 당시의 선문화와 언어에 대한 이해 없이 본 시조를 직관하기는 쉽지 않은 일이기에 부득이 원문의 본칙과 해석을 실었다.

이 시조집에서 원문의 본칙에 대한 해석은 선림고경총서의 벽암록(장경각 1993)을 참고하였음을 밝힌다.

한 가지 중요한 점은 선문답이란 깨침에 의해서만 순수하게 직관될 수 없다는 것이 저자의 생각이다. 왜냐하면 선사의 선문답에는 현장의 상황, 동시대의 문화와 언어습관, 지역적 방언, 속어 등이 반영되고 그러한 것들이 시간과 공간을 초월한 선문답의 직관을 방해하기 때문이다. 따라서 벽암록의 직관은 동시대의 사찰문화와 언어적 배경을 짐작할 때 어느 정도 가능하다고 믿는다.

그럼에도 불구하고 선문답에 대한 사유와 시어의 선택 및 말 한마디 덧붙임은 더도 덜 함도 없는 그대로의 청정법계에 오물을 끼

얹는 것과 같아 독자의 마음에 큰 불편함을 줄 수 있음을 안타깝게 생각한다.

다만 이 시조집의 언어가 생각과 말의 자취를 남기지 않길 바랄 뿐.

부디 이 책이 벽암록의 선문답에 좀 더 즐겁게 다가갈 수 있는 노래가 되길 빌며 시조집이 나오기까지 시연詩緣이 되어 주신 양점숙 시인님과 법연法緣이 되어 주신 청다스님께 깊은 감사를 전합니다.

**타시아수他是阿遂**

— 그는 누구인가

바람이 한 생 바치고

벚꽃 한 생 마칠 때

구름이 한 생 바치고

눈꽃 한 생 마칠 때

일러라

묵묵부답默默不答의 그는 누구인가

2022년 사월 초파일 拜

# 차례

[第001則]

## 달마대사와 양무제
— 不識

불법의 대의大意는 눈코귀입 엿보는 것
육식六識의 밝음으로 일성一聖을 구하는가
내 입 밖, 달마가 되돌아간 곳
육식 끝에 불식不識!

알 수 없는 곳에 바다가 서고 산이 뒤척인다
사람이 꽃이 되었다 새나 물고기 된다

춘 오월
모두 모이고 떠났으나
이름을 바꿔 되돌아왔다

梁武帝問達磨大師。如何是聖諦第一義。磨云。廓然無聖。帝曰。對朕者誰。磨云。不識。帝不契。達磨遂渡江至魏。帝後擧問志公。志公云。陛下還識此人否。帝云。不識。志公云。此是觀音大士。傳佛心印。帝悔。遂遣使去請。志公云。莫道陛下發使去取。闔國人去。他亦不回。

양무제가 달마대사에게 물었다.

"무엇이 법 제일의 성스러운 진리입니까?"

달마대사는 말했다.

"텅 비어 성스러울 것이 없습니다."

양무제는 다시 말했다.

"지금 마주하고 있는 자는 누구입니까?"

달마대사는 말했다.

"불식(不識:알 수 없습니다)."

양무제는 달마의 말을 깨닫지 못했다.

달마대사는 마침내 강을 건너 위魏나라로 갔다.

양무제는 후에 달마대사와의 일을 지공스님에게 말하자, 지공이 말했다.

"폐하는 달마대사가 어떤 사람인지 아십니까?"

양무제는 말했다.

"불식(不識; 알지못합니다)."

지공화상이 말했다.

"그는 관음대사이고 부처님의 법을 전하러 온 사람입니다."

양무제는 후회하고 사신을 보내 다시 모셔오려 하자 지공화상이 말했다.

"폐하께서 사신을 보내 모셔오려고 하지 마십시오.

온 나라 사람이 가도 그는 오지 않을 것입니다."

[ 第002則]

## 지극한 불도는 어렵지 않다
### — 至道無難

본래면목本來面目*이

일체분별지一切分別智와 따로 없다

선승은 대중을 위해 깨달음 설하지만

보게나

육식六識에 맺힌 상이 깨침과 무슨 상관인가

불식의 허공

침묵의 낚싯대 드리우니

햇살 어둠 일렁이는 불국佛國의 꿈 떠오른다

조주성

석교石橋 허문 그림자

미륵탑에 기대있다

* 자기의 본디의 모습.
중생이 본디 지니고 있는, 인위가 조금도 섞이지 않은 순수한 심성.

趙州示衆云。至道無難。唯嫌揀擇。纔有語言。是揀擇是明白。老僧不在明白裏。是汝還護惜也無。時有僧問。旣不在明白裏。護惜箇什麽。州云。我亦不知。僧云。和尙旣不知。爲什麽。却道不在明白裏。州云。問事卽得。禮拜了退。

조주화상이 대중에게 말했다.

"지도는 어렵지 않다. 오직 선택하는 마음을 피하는 것이다. 말하는 순간 선택揀擇하는 마음에 빠지거나 명백의 세계에 빠진다. 노승은 명백속에 머무르지 않는다. 그런데 그대들은 경지를 집착하고 보호하려 하는가?"

그때 한 스님이 물었다.

"명백에 머무르지 않는다면, 무엇을 지키고 아껴야 할 것이 있습니까?"

조주화상이 말했다.

"나도 역시 모른다."

그 스님이 말했다.

"화상께서 모른다면 어찌 명백 속에도 머무르지 않는다고 말합니까?"

조주화상이 말했다.

"나에게 묻는 일이 끝났으면 절이나 하고 물러가라."

[ 第003則]

## 마조화상의 병환
ㅡ 日面佛月面佛

불심佛心 없다면

어찌 일면불 월면불日面佛月面佛*이랴

마당 한 바퀴 돌아

무한 불국佛國 다녀오니

벌 나비 생사生死 없는 꽃

그림자 열어 마중한다

* 불생불멸을 상징함.

馬大師不安。院主問。和尚近日。尊候如何。大師云。日面佛月面佛。

마조대사가 병환으로 몸이 편치 않았다.

원주가 물었다.

"화상께서는 근래 몸이 어떠십니까?"

마조대사가 말했다.

"일면불 월면불日面佛 月面佛이네."

[ 第004則]

## 눈 위에 서리를 얹다
一雪上加霜

설두의 사량思量을 원오가 친견할 때
위산의 마음을 덕산이 붙들었네
무량심無量心
허공을 밟고서니 "없구나 없다"

삼천三千이 열리고 만리 파도 솟구치는
한 생각이 터지고 한 호흡 빨려가는

바늘귀
내디딘 발들이 "없구나 없다"

德山到潙山。挾複子於法堂上。從東過西。從西過東。顧視云。無無便出。德山至門首卻云。也不得草草。便具威儀。再入相見。潙山坐次。德山提起坐具云。和尙。潙山擬取拂子。德山便喝。拂袖而出。德山背卻法堂。著草鞋便行。潙山至晚。問首座。適來新到在什麽處。首座云。當時背卻法堂。著草鞋出去也。潙山云。此子已後。向孤峰頂上。盤結草庵。呵佛罵祖去在。

덕산스님이 위산스님을 만나, 걸망을 맨 채 법당에서 동쪽에서 서쪽으로, 서쪽에서 동쪽으로 지나더니, 뒤돌아보며 "없다 없다!"라고 말한 뒤 나가 버렸다.

덕산스님은 문 앞에 이르러 말했다.

"서둘러서는 안되지."

다시 위의를 갖춘 뒤 법당의 위산스님을 뵈었다.

위산화상이 앉으려 하자, 덕산스님은 좌구를 들면서 "화상!" 하고 불렀다.

위산화상이 불자拂子를 잡으려 하자, 덕산스님이 곧 바로 "할"하고 소리 지르며, 소맷자락을 떨치며 밖으로 나갔다.

덕산스님은 법당을 뒤로하고 짚신을 신고 곧바로 떠나갔다.

위산스님이 저녁때에 수좌에게 물었다.

"아까 낮에 찾아온 스님은 어디 있는가?"

수좌가 말했다.

"당시 법당을 뒤로 한 채 짚신을 신고 떠났습니다."

위산스님이 말했다.

"이 사람은 훗날 높은 산봉우리에 암자를 짓고, 부처를 꾸짖으며, 조사를 욕할 것이다."

[ 第005則]

## 설봉의 온 대지

— 如粟米粒

발바닥에 이목구비를

뒷모습에 빈 얼굴을

내일을 살다 죽어 오늘을 꿈꾸는

그대여 한 물건 들이미는

빈 주먹 보이는가

그 곳에선 하늘 땅을 던져도 알지 못하네

울력運力*이나 시킨다면 제 몸 눈치챌거나

이 땅엔 북을 치지 않아도

꽃 피고 새가 우네

* 여러 사람이 힘을 합해서 하거나 이루는 일. 또는 그 힘.

雪峰示衆云。盡大地撮來如粟米粒大。抛向面前漆桶不會。打鼓普請看。

설봉스님이 대중에게 말했다.

“온 대지를 쥐어보면 좁쌀 크기만 하다. 이것을 면전에 내던졌지만 칠통같이 전혀 알지 못한다. 북을 쳐서 대중이 노동이나 하도록 하라.”

[ 第006則]

# 날마다 좋은 날

## 一日日是好日

검은 해 장대비로 생사를 갈라보니

번개 구름 찰나에 몇 생이 저려 온다

여름 밖 운문의 꿈 뚫고

햇살 하나 찬란하다

오늘 이전 이후의 일은 오리무중

울고 웃는 것이 하나인 저 해바라기

날마다 좋은 날이요

오늘이 좋은 날

雲門垂語云, 十五日已前不問汝, 十五日已後道將一句來. (自代云), 日日是好日.

운문화상이 대중에게 말하였다.

"15일 이전 일어난 일에 대해 묻지 않겠다. 15일 이후에 대해 한마디 해 보아라."

스스로 대신해서 말했다.

"날마다 좋은 날이다(日日是好日)!"

[第007則]

# 법안화상과 혜초스님
## ㅡ 汝是慧超

부처가 아니라면 어찌 마음 품겠는가

구도자여 혜초는 없고 오직 그대뿐

유심불唯心佛

부처만이 부처를 물을 수 있다

용안龍安에선 햇살 다듬어 흘림기둥을 삼고

구름을 곱게 펴서 아미지붕 올린다네

별

바람

부처의 명패 달고 해빈당*을 들락거리네

* 해빈식당.

問法眼。慧超咨和尙。如何是佛。法眼云。汝是慧超。

혜초스님이 법안화상에게 질문했다.

"제가 화상께 질문하겠습니다. 무엇이 부처입니까?"

법안화상이 말했다.

"그대는 혜초이다."

[ 第008則]

## 취암화상의 눈썹

ㅡ 眉毛在麽

이슬비 위에

옛 봄을 바쳐 세우거나

구름 아래

가을 하늘 매단 것 아니다

중생들 안목을 고치기 위해

맞은편에 섰을 뿐

翠巖夏末示衆云。一夏以來。爲兄弟說話。看翠巖眉毛在麽。
保福云。作賊人心虛。長慶云。生也。雲門云。關。

취암화상이 하안거 말에 대중에게 이같이 설했다.

"하안거 이래 형제 여러분들을 위해서 설법했는데, 잘 보게! 취암의 눈썹이 붙어 있는가?"

보복화상이 말했다.

"도적질한 놈은 마음이 편치 못하지."

장경화상은 말했다.

"눈썹이 생겼네!"

운문화상이 말했다.

"관문이다."

[ 第009則]

## 조주화상과 사문四門
### ㅡ 趙州四門

성문이 넷인 조주를 물어 스스로 갇혔다

조주를 알면 여하시조주如何是趙州 아닌

조주여하시趙州如何是

아깝다

굳이 길 없는 길들 사문四門 통해 가려 한다

僧問趙州。如何是趙州。州云。東門西門南門北門。

한 스님이 조주화상에게 물었다.

“어떤 것이 조주趙州입니까?”

조주화상이 말했다.

“동문, 서문, 남문, 북문이네.”

[ 第010則]

## 목주화상과 사기꾼

一掠虛頭漢

한 번의 할喝*은 미혹한 생生 잠 깨우고

두 번째 할은 경천동지

눈 귀를 캄캄케 하지

첫 할이 쓸모없으니

시정市井 고함을 배우시게

* 선승禪僧들이 말이나 글로 나타낼 수 없는 도리를 나타내 보일 때 내는 소리. 사견邪見·망상을 꾸짖어 반성하게 하는 소리.

睦州問僧近離甚處。僧便喝。州云。老僧被汝一喝。僧又喝。州云。三喝四喝後作麽生。僧無語。州便打云。這掠虛頭漢。

목주화상이 어떤 스님에게 물었다.

“그대는 최근 어디서 왔는가?”

스님이 갑자기 고함(喝)을 쳤다.

목주화상이 말했다.

“노승이 일갈에 한 번 당하게 되었네”

그 스님이 또 고함(喝)쳤다.

목주화상이 말했다.

“세 번 네 번 고함(喝)친 다음 어찌하려는가?”

스님이 아무 말이 없자,

목주화상은 곧장 그 스님을 치면서 말했다.

“이 사기꾼 같은 놈!”

[ 第011則]

# 황벽화상과 술 찌꺼기나 먹은 놈

一噇酒糟漢

불성의 용처用處를 모르면 동주조한噇酒糟漢

진정한 선사禪師만이 술 한잔 잘 마신다

취한다 문승問僧이 안주를 물고

선사가 술을 마신다

마주쳐 막힌 것들 술과 함께 쓸어버렸네

이에 무엇이 스스로 주장할 수 있는가

빈 뱃속

허공조차 쑥 빠지니

취한 달 떠오르네

黃檗示衆云。汝等諸人。盡是噇酒糟漢。恁麼行脚。何處有今日。還知大唐國裏無禪師麼。時有僧出云。只如諸方匡徒領衆。又作麼生。檗云。不道無禪。只是無師。

황벽화상이 대중에게 설법하였다.

"그대들은 모두 술 찌꺼기 먹고 진짜 술 마시고 취한 듯한 자들이다. 이렇게 하여 언제 불법을 체득할 날 오겠는가? 대 당唐나라에 선사가 없음을 아는가?"

이때 한 스님이 나서서 말했다.

"그렇다면 대중을 지도하고 거느린 전국 여러 총림의 일들은 무엇입니까?"

황벽화상이 말했다.

"선禪이 없다고는 하지 않았다. 선사禪師가 없다고 한 것이다."

[ 第012則]

## 동산화상의 삼 세근

一麻三斤

불성 없다면 마삼근麻三斤을 사랑할 수 없지

곧 바로 부처를 묻는 그 자가 부처이니

이삼육二三六 마음속 셈하는

그자! 붙잡으시게

어디서 그자를 만날 수 있겠는가

그자가 세운 무대 어떻게 접하겠는가

만지고 들어 보는 것이

천상천하에 괴이하다

僧問洞山。如何是佛。山云。麻三斤。

한 스님이 동산화상에게 물었다.

“무엇이 부처입니까”

동산화상이 말했다. “삼 세근이다.”

[ 第013則]

## 파릉巴陵화상에게 제바종提婆宗의 종지를 밝힘
一銀椀盛雪

경經과 선禪 일법一法에서 왔음을 믿지 않네

제바提婆의 뜻조차 알음알이 떨어지니

파릉은 한 물건에 앞서

은쟁반에 눈을 담았네

초집이 이웃한

하늘집 담장 없어

배추흰나비 날갯짓에 산그늘 눈보라네

누군가

산비알 엿듣는 중

벚꽃 한 잎 보태네

僧問巴陵。如何是提婆宗。巴陵云。銀碗裏盛雪。

어떤 스님이 파릉화상에게 물었다.

"무엇이 제바提婆의 종지입니까?"*

파릉화상이 대답했다.

"은쟁반에 흰 눈을 가득 담았네."

* "무엇이 부처님의 뜻입니까 또는 무엇이 부처님의 깨달음입니까"의 물음.

[ 第014則]

## 운문화상의 대일설對一說

중생을 벗어난 따로 내 세울게 없다고

경전을 따라가면 부처상을 세운다고

대일설對一說 빈지*를 보여줄 뿐

견해 없음이 팔만사천법문八萬四千法門

아이들 술래를 쫓고

나무가 멧새를 숨긴

몇 해가 지난 이 경전을 어찌 전할 지

옛 공터

봄빛 벽화에 하염없이 눈이 내린다

* 떼었다 붙였다 하는 문.

僧問雲門。如何是一代時敎。雲門云。對一說。

어떤 스님이 운문화상에게 질문했다.

"부처님이 한평생 설하신 가르침(一代時敎)은 무엇입니까?"

운문화상이 말했다.

"단지 각자의 한사람에 대한 설법일 뿐이다(對一說)".

[ 第015則]

## 운문화상의 도일설倒一說

일설一說이 끊어진 곳에 만법萬法*이 본처本處에 든다

지평 위의 등불
하나 둘 꺼지고

법 바랑이 납승이
화엄의 꿈을 꾸네

삭풍이
산맥을 날리고
기러기가 꿈 밖을 난다

* 우주 간의 모든 법. 제법諸法.

僧問雲門。不是目前機。亦非目前事時如何。門云。倒一說

어떤 스님이 운문화상에게 물었다.

"현재 눈앞, 상대의 작용도 없고, 또한 눈앞의 문제(事)도 없는 경우는 어떻습니까?"

운문화상이 대답했다.

"일대일 한사람에 대한 설법이 끝났다(倒一說)."

[ 第016則]

# 경청화상과 형편없는 수행자

一啐啄

병아리와 어미 닭은 알껍질이 한 몸

버려질 껍질 안팎 구분치 않네

진면목眞面目*

알을 깨고 나면 병아리도 어미닭도 없다

아침 해가 깨져서 만상이 드러난다

다만 한 나그네가

어제의 황혼 숨겼음을

동짓날 밥짓는 저물녘 홀연 깨닫네

* 본디부터 지니고 있는 그대로의 상태.

僧問鏡淸。學人啐。請師啄。淸云。還得活也無。僧云。若不活遭人怪笑。淸云。也是草裏漢

어떤 스님이 경청화상에게 질문했다.

“학인이 달걀 속에서 신호하면 화상께서는 달걀을 쪼아 주시오”

경청화상이 말했다.

“정말 살아날 수 있겠는가?”

스님이 말했다.

“만약 살아나지 못한다면 사람들의 비웃음을 살 것입니다.”

경청화상이 말했다.

“역시 형편없는 놈이군!”

[ 第017則]

## 향림화상과 조사祖師가 서쪽에서 오신 의미
一坐久成勞

달마의 일 일랑은 달마에게나 맡기시고

서래의西來意 본래 없으니 하던 일 하시게

그날도 지금 일이라

오랜 독서로 피곤하겠네

몸 밖, 법 구하는 길 억만리 길이라

벚꽃 철새가 산맥 넘어 되돌아오고

먼 전생

그대를 밟은 해

무심히 등을 비추네

僧問香林。如何是祖師西來意。林云。坐久成勞。

어느 스님이 향림화상에게 물었다.
"무엇이 달마조사가 서쪽에서 오신 뜻입니까?"*
향림화상이 대답했다.
"오랫동안 좌선하니 피곤하다."

* 불법의 정수는 무엇입니까? 의 뜻.

[ 第018則]

## 혜충국사의 무봉탑無縫塔

손잡이 없는 맷돌이요

콧구멍 없는 소이다

온 법계에 흠집 없으니 무봉탑無縫塔이다

내 목전目前 꽉 찬 성품 두고 또 무엇을 찾는지

햇살 어둠 잘 풀려서 가을 석양이라네

침묵으로 관하니

눈 속 고립무원이다

사계가 덜함 더함 없어 몸피에 딱 들어맞네

肅宗皇帝問忠國師。百年後所須何物。國師云。與老僧作箇無縫塔。帝曰。請師塔樣。國師良久云。會麽。帝云。不會。國師云。吾有付法弟子耽源。卻諳此事。請詔問之。國師遷化後。帝詔耽源。問此意如何。源云。湘之南潭之北。中有黃金。充一國。無影樹下合同船。琉璃殿上無知識。

숙종황제가 혜충국사에게 물었다.

"국사가 입적 후에 필요한 물건이 무엇입니까?"

국사가 대답했다.

"노승을 위해 이음새가 없는 탑을 만들어 주십시오."

황제가 말했다.

"국사께서는 탑의 모양을 청해 주십시오."

국사가 한동안 말이 없다가 "알았습니까?" 하자, 황제는 "모르겠습니다"라고 했다.

국사가 말했다.

"나에게 법을 부촉한 제자 탐원이 있는데, 이 일을 알고 있습니다. 조서를 내려 그에게 물어보십시오."

국사가 입적 후 황제는 조서를 내려 탐원에게 물었다.

"국사가 말씀한 이 일의 뜻은 무엇입니까?"

탐원이 말했다.

"상주의 남쪽, 담주의 북쪽, 그곳에는 황금이 있어 한 나라에 가득하고 그림자 없는 나무 아래 함께 타는 배가 있는데 유리로 만든 궁전 위에 아는 사람이 없습니다."

[第019則]

# 구지화상의 한 손가락 법문
一只竪一指

삼천대천三千大千 세계를 해인海印*으로 비추며
구지는 일지一指를 들어 만법萬法을 일으켰다

손가락 하나 서기까지 억겁의 해 뜨고 졌다
문득 불명의 있음을 헤아릴 수 없어
각자覺者는 손가락 하나와 함께 생사를 같이한다

* 바다가 만상을 비춤과 같이, 일체를 깨달아 아는 부처의 지혜.

俱胝和尚。凡有所問。只竪一指。

구지화상은 누구든 불법을 물으면,

오직 한 손가락만을 세웠다.

[ 第020則]

## 용아화상과 달마가 오신 뜻
一西來無意

제 뜻 버리고 달마의 뜻 고집하는 이여
용아는 스스로의 지혜작용에 눈멀고
선사는 절벽 끝을 나아가 자취를 감추었다

달마의 뜻은 선판이나 방석을 건네는 뜻
뜻과 움직임이 그대 밖과 상관없지만
자비의
취미가 후려칠 때 선판 위 구름이 핀다

龍牙問翠微。如何是祖師西來意。微云。與我過禪板來。牙過禪板與翠微。微接得便打。牙云。打卽任打。要且無祖師西來意。牙又問臨濟。如何是祖師西來意。濟云。與我過蒲團來。牙取蒲團過與臨濟。濟接得便打。牙云。打卽任打。要且無祖師西來意。

용아화상이 취미선사에게 물었다.

"달마조사가 서쪽에서 온 뜻은 무엇입니까?"

취미선사는 "나에게 선판禪板을 건네주게"라고 말했다.

용아화상이 선판을 취미선사에게 건네주자, 취미선사는 선판을 받자 바로 후려쳤다.

용아화상은 말했다.

"치는 것은 선사 마음대로 치시오. 그러나 조사가 서쪽에서 오신 뜻은 없습니다."

용아화상은 다시 임제선사에게 질문했다.

"조사가 서쪽에서 오신 뜻은 무엇입니까?"

임제선사가 말했다.

"나에게 방석을 건네주게!"

용아화상은 방석을 임제선사에게 건네자, 임제선사는 바로 후려쳤다.

용아화상은 말했다.

"치는 것은 선사 마음대로 치시오. 그러나 조사가 서쪽에서 오신 뜻은 없습니다."

[ 第021則]

## 지문智門화상의 연꽃에 대한 선문답

一蓮花荷葉

죽음 이전과 이후는 같은 길이다

여기와 저기가 다르지 아니하므로

미출수未出水

연꽃 위 연잎들 호수를 떠받든다

천계를 걷지만 몸은 땅 위에 있네

굳이 위아래 구분하여 아래를 굽어보니

꿈꾸듯 먼 후생 돌아

초막에서 잠시 쉬네

僧問智門。蓮花未出水時如何。智門云。蓮花。僧云。出水後如何。門云。荷葉。

어떤 스님이 지문화상에게 물었다.

"연꽃이 물속에서 나오지 않았을 때는 무엇입니까?"

지문화상이 말했다.

"연꽃이다."

"연꽃이 물 밖에 나왔을 때는 무엇입니까?"

"연잎(荷葉)이다."

[ 第022則]

## 설봉화상과 독사
一南山鼈鼻蛇

독사는 제가 뿜는 독에 매일 죽는다
죽어 본래면목本來面目 찾는 그것이 대활大活이나
그대는 왜 그림자로 살아
크게 죽지 못하는가

크게 죽지 않는다면 억겁의 때 벗길 수 없다
육식이 쌓은 누각에 갇혀 허상을 볼 뿐

사람이 사람 아님으로
살아도 산 것 아니다

雪峰示衆云。南山有一條鱉鼻蛇。汝等諸人。切須好看。長慶云。今日堂中。大有人喪身失命。僧擧似玄沙。玄沙云。須是稜兄始得。雖然如此。我卽不恁麽。僧云。和尙作麽生。玄沙云。用南山作什麽。雲門以拄杖。攛向雪峰面前。作怕勢。

설봉화상이 대중에게 설법하였다.

“남산에 독사가 한 마리 있다. 모든 이들은 조심하도록 하라”

장경스님이 말했다.

“오늘이 법당 안에 큰 사람이 있어 몸이 상하고 목숨을 잃었다.”

어떤 스님이 이 말을 현사스님에게 전하자, 현사는 말했다.

“혜능사형이 아니면 이렇게 말할 수 있을까. 그러나 나는 그렇게 말하지 않겠다.”

어떤 스님이 말했다.

“그러면 화상은 어떻게 말하겠습니까?”

현사스님이 말했다.

“남산이라고 말을 해야 하는가.”

운문스님은 주장자를 버리며 설봉화상 앞에서 놀라는 시늉을 했다.

[ 第023則]

# 보복화상과 산봉우리

一髑髏遍野

고봉高峰과 들판에 편견偏見이 없으므로

고봉은 고봉이라 하고

들은 들이라 한다

保福長慶遊山次。福以手指云。只這裏便是妙峰頂。慶云。是則是。可惜許。後擧似鏡淸。淸云。若不是孫公。便見髑髏遍野。

보복화상과 장경화상이 산을 거닐 때, 보복이 손가락으로 가리키며 말했다.

"이곳이 바로 경전에서 전하는 묘봉정妙峰頂이다."

장경이 말했다.

"그렇기는 하지만 애석하다!"

보복, 장경 두 사람이 후에 경청에게 이 이야기를 거론하니, 경청화상은 말했다.

"손공(孫公:장경)이 아니었더라면 온 들에 해골이 가득 널려 있었을 것이다."

[ 第024則]

## 유철마가 위산을 참문하다
一放身臥

시절時節 인연因緣 따라 나아가거나 머물거나

무위無爲의 평상심平常心이 참나를 밝힌다

보는가?

오대산의 일은 오대산의 일일 뿐

劉鐵磨到潙山。山云。老牸牛汝來也。磨云。來日臺山大會齋。和尙還去麽。潙山放身臥。磨便出去。

유철마가 위산에 이르자, 위산화상이 비구니에게 말했다.

"늙은 암소 그대 왔는가?"

유철마가 말했다.

"내일 오대산에서 큰 대중공양(齋)이 있습니다. 화상 가시겠습니까?"

위산화상이 벌렁 드러누웠다.

유철마는 곧바로 밖으로 나갔다.

[ 第025則]

## 연화봉 암주의 주장자
一千峰萬峰去

깨침 없음을 깨달았으니

멈춤이란 없어

바른 선승禪僧은 지난 길 돌아오지 않네

미륵산 구름 앞세우고

천봉만봉千峰萬峰 헤쳐간다

蓮花峰庵主。拈拄杖示衆云。古人到這裏。爲什麽不肯住。衆無語。自代云。爲他途路不得力。復云。畢竟如何。又自代云。榔橫擔不顧人。直入千峰萬峰去。

연화봉 암자 주지가 입적하던 날 주장자를 제시하고 대중에게 설했다.

"옛사람은 여기에 이르러 왜 안주하지 않았는가?"

대중이 말이 없자 자신이 대신 말했다.

"그것은 수행의 길에서 별다른 힘을 얻지 못하기 때문이다."

또다시 말한 즉,

"필경 어찌해야 하는가?"

또 스스로 대신해서 말했다.

"주장자를 비껴들고 돌아보지 않고 천봉만봉으로 곧장 들어간다."

[ 第026則]

## 백장화상과 기특奇特한 일
## ㅡ何是奇特事

본시 마음에 중한 일 급한 일 없는데

삼계三界*에 어찌 기특奇特한 일일까

무위無爲가 기특한 일이고

평상平常이 중한 날이다

후려치는 주장자 천년 뚫고 전해오니

한순간

어깻죽지 아득해 중한 날이고

한순간

정수리가 고요해

기특한 날이다

僧問百丈。如何是奇特事。丈云。獨坐大雄峰。僧禮拜。丈便打。

한 스님이 백장화상에게 물었다.

"어떤 것이 특별(奇特)한 일입니까?"

백장화상이 대답했다.

"홀로 대웅봉에 앉아 좌선하는 일이다."

스님이 예배를 하자 백장화상은 주장자로 후려쳤다.

*

① 천계天界·지계地界·인계人界의 세 세계.

② 중생이 사는 세 세계. 즉, 욕계欲界·색계色界·무색계無色界.

③ 불계佛界·중생계衆生界·심계心界.

④ 과거·현재·미래의 세 세계. 삼세三世.

[ 第027則]

## 가을바람에 진실 드러나다
一體露金風

마음을 드러냄은 실상實像을 드러냄

티끌조차 감출 수 없음이 도덕道德이다

주인공 서 있는 그대로

금풍金風* 속에 나목裸木

조락으로 법을 비춘다고 생각치 말게

생각 이전에 가을 오고 잎이 지지

폭설이 천지를 숨기고 나목이 지평을 헤맨다

* 가을바람.

僧問雲門。樹凋葉落時如何。雲門云。體露金風。

한 스님이 운문화상에게 물었다.

"나무가 메마르고 잎이 떨어졌을 때는 어떻습니까?"

운문화상이 대답했다.

"금빛 바람에 본체가 환히 드러난다."

[ 第028則]

# 남전화상 설하지 않은 불법

一有說不說

본래 팔만사천법문八萬四千法門이

말할 수 없는 법문

말할 수 있는 법문이란

불식不識의 침묵 뿐

하안거夏安居*

삼라만상 격문檄文을 벚꽃으로 띄운다

* 승려가 여름 장마 때 90일 동안 한곳에 모여 수도하는 일.

南泉參百丈涅槃和尚。丈問。從上諸聖。還有不爲人說底法麽。泉云。有。丈云。作麽生是不爲人說底法。泉云。不是心。不是佛。不是物。丈云。說了也。泉云。某甲只恁麽。和尚作麽生。丈云。我又不是大善知識。爭知有說不說。泉云。某甲不會。丈云。我太殺爲爾說了也。

남전화상이 백장열반화상을 참문하자, 백장화상이 물었다.

"예로부터 모든 성인이 남에게 설하지 않은 불법이 있습니까?"

남전화상이 말했다. "있습니다."

백장화상이 말했다.

"어떤 것이 남에게 설하지 않은 불법입니까?"

남전화상이 말했다.

"마음(心)도 아니고, 부처(佛)도 아니고, 중생(物)도 아닙니다."

백장화상이 말했다. "설해 버렸군!"

남전화상이 말했다.

"나는 이렇습니다만, 스님은 어떻습니까?"

백장화상이 말했다.

"나는 큰 선지식이 아닌데, 어찌 설할 수 있는 불법과 설할 수 없는 불법이 있는지 알 수 있겠습니까?"

남전화상이 말했다. "나도 모르겠습니다(不會)."

백장화상이 말했다.

"내가 그대에게 너무 많이 말했습니다."

[ 第029則]

## 대수화상의 시방세계十方世界를 멸망시키는 불길
一隨他去

뜻을 따라가면 차별에 기우니

그대! 눈알(目前)이 발밑에 떨어진다

대낮에

동자童子를 업고 진인眞人* 찾아 헤매는가

뜻을 세우니 모두 종말을 맞이한다

달빛 아래 몽중 대천 부서지고

옛 하루

불붙인 본래면목도 뜻과 함께 사라진다

* 진리를 깨달은 사람이라는 뜻으로, '아라한'의 비유.

僧問大隋。劫火洞然大千俱壞。未審這箇壞不壞。隋云。壞。
僧云。恁麼則隨他去也。隋云。隨他去。

한 스님이 대수화상에게 물었다.

"시방세계가 종말하게 될 때 일어나는 맹화猛火는 일체의 모든 것을 불태워 삼천대천의 시방세계가 멸망하게 되는데, 이것도 파괴됩니까?"

대수화상이 말했다.

"파괴된다."

스님이 말했다.

"그렇다면 그도 따라갑니까?"

대수화상이 말했다.

"그도 따라간다."

[ 第030則]

# 조주화상과 큰 무

一鎭州蘿蔔

돌아와 무슨 일로 깊은 생각 빠졌는가

이 일은 그만두고 막걸리나 한잔 들게

영원을 거량擧揚*하는 자여

눈 속의 진인眞人이여

간혹 호랑이 하산하여 행방 모르고

하루 해가 뜨지 않아 잠 못 이루나

그 일이 본래 해야 하는 일

무가 많다니 무를 캐야지

* 설법할 때, 죽은 사람의 영혼을 부르는 일. 청혼請魂.

僧問趙州。承聞和尚親見南泉。是否。州云。鎭州出大蘿蔔頭。

한 스님이 조주화상에게 물었다.

"소문을 들은바 화상은 남전선사를 친견하였다고 하는데, 정 말입니까?"

조주화상이 말했다.

"진주에는 큰 무가 많이 난다."

[ 第031則]

## 마곡화상이 주장자를 흔들다

一不是不是

본래심本來心의 달빛인가

훈습薰習*의 바람인가

그림자 흔들리고 얼굴 하나 어디 있나

시시시是是是

삼승三僧이 서로 비춰 일승一僧을 찾았다

억겁 돌아 이 한몸 법당에 세웠으니

장경의 마당에선 참 옳구나 옳다

사대는 두 번 세울 수 없어

남전 앞에선 틀렸다네

* 불법을 들어서 마음을 닦아 감.

麻谷持錫到章敬。遶禪床三匝。振錫一下。卓然而立。敬云。是是。麻谷又到南泉遶禪床三匝。振錫一下。卓然而立。泉云。不是不是。麻谷富時云。章敬道是。和尙爲什麽道不是。泉云。章敬卽是是。汝不是。此是風力所轉。終成敗壞。

마곡스님이 석장錫杖을 가지고 장경화상에게 가 선상을 세 번 돌고서 석장으로 한번 내려치고 우뚝 섰다.

장경이 말했다.

"옳다 옳다!"

마곡스님이 다시 남전화상의 처소에 가서 선상을 세 번 돌고 석장을 한번 내려치고 우뚝 섰다.

남전화상이 말했다.

"틀렸다 틀렸다!"

당시 마곡스님이 남전화상에게 말했다.

"장경화상은 옳다고 했는데, 화상은 어째서 틀렸다고 하시오?"

남전화상이 말했다.

"장경은 옳았지만, 그대는 틀렸다!"

이는 바람의 힘(風力)으로 된 것이니 결국엔 무너지고 만다.

[ 第032則]

# 임제와 불법의 대의
## 一佛法大意

허공에 벽이 있어 목어木魚* 소리 퍼렇다

관음사 쇠종 대의大意에 부딪쳐 길게 운다

대의大意는 어디에 있을까

열린 북에 소리가 없다

* 목탁木鐸, 불교 경전을 읽을 때 두드리는 제구. 나무로 잉어처럼 만들었음.

定上座。問臨濟。如何是佛法大意。濟下禪床擒住。與一掌。便托開。定佇立。傍僧云。定上座何不禮拜。定方禮拜。忽然大悟。

정定상좌가 임제선사에게 물었다.

"불법의 대의가 무엇입니까?"

임제가 선상에서 내려와 정상좌의 멱살을 쥐고 손으로 뺨을 한 대 치고 밀쳐 버렸다.

정상좌가 우두커니 서 있자 곁에 있던 한 스님이 말했다.

"정상좌는 왜 예배를 하지 않는가?"

정상좌가 예배하려는 순간 크게 깨달았다.

[ 第033則]

## 자복화상의 일원상一圓相
一具一隻眼

진조의 뜻은

앞선 것도 불不! 뒤따름도 불不!

자복의 뜻은

문 닫았으니 한 식구 되어 가可! 가可!

설두는

허물을 돌려받아 구일쌍안具一隻眼, 불不!

진조의 어깨가 모서리에 부딛지 않고

설두의 말이 허공에서 새지 않네

이 곳엔 자복의 일원상一圓相조차

다락 거미가 매다네

陳操尚書看資福。福見來便畫一圓相。操云。弟子恁麼來。早是不著便。何況更畫一圓相。福便掩卻方丈門。雪竇云。陳操只具一隻眼。

진조상서가 자복화상을 뵈기 위해 찾아갔다.

자복화상은 그가 오는 것을 보고 일원상을 그렸다.

진조가 말했다.

"제자가 이렇게 와서 아직 자리에 앉지 않았는데, 어찌 하나의 원상을 그리는 것입니까?"

자복화상은 바로 방장실의 문을 닫아 버렸다.

설두화상이 착어했다.

"진조는 다만 한쪽 눈만을 갖추었다."

[ 第034則]

## 앙산화상이 산놀이를 묻다

一不曾遊山

그대는 최근 어디서 왔는가?

오간 적 없다 하면

오로봉에 산 꽃 지니

객승은 "미륵산 안고 왔다" 우뚝 말 하시길

仰山問僧。近離甚處。僧云。廬山。山云曾遊五老峰麽。僧云。不曾到。山云。闍黎不曾遊山。雲門云。此語皆爲慈悲之故。有落草之談。

앙산화상이 한 스님에게 물었다.

"최근 어디서 왔는가?"

스님은 대답했다.

"여산에서 왔습니다."

앙산화상이 물었다.

"오로봉五老峯에 놀러 가본 적 있는가?"

스님은 대답했다.

"아직 가지 못했습니다."

앙산화상이 말했다.

"그대는 아직 산놀이를 하지 못했군!"

운문선사가 말했다.

"이 말은 모두 자비심 때문에 중생을 위한 낙초의 말(落草之談)이다."

[ 第035則]

## 무착과 오대산의 문수보살

一前三三後三三

수천억 부처님이 미물중생微物衆生 한 분이니

사상四像*을 벗은 곳

주객主客이 없다네

오대산 예쁜 꽃들이요 모악산 예쁜 꽃들이다

*

① 사람이 겪는 네 가지 상. 곧, 생生·노老·병病·사死.

② 만물이 생멸 변화하는 네 가지 상. 곧, 생상生相·주상住相·이상異相·멸상滅相.

③ 중생이 실재라고 믿는 네 가지 상. 곧, 아상我相·인상人相·중생상·수명상壽命相.

文殊問無著。近離什麽處。無著云。南方。殊云。南方佛法。如何住持。著云。末法比丘。少奉戒律。殊云。多少衆。著云。或三百或五百。無著問文殊。此間如何住持。殊云。凡聖同居龍蛇混雜。著云。多少衆。殊云。前三三後三三。

문수가 무착에게 물었다.

"최근 어디서 떠나왔는가?"

무착이 말했다.

"남방입니다."

문수가 물었다.

"남방에서는 불법을 어떻게 수행하는가?"

무착이 말했다.

"말법시대의 비구들이어서 계율을 잘 지키지 않습니다."

문수가 말했다.

"대중이 어느 정도 되는가?"

무착이 말했다.

"300명에서 500명 정도입니다."

무착이 문수에게 물었다.

"여기서는 어떻게 불법을 실천(住持)합니까?"

문수가 말했다.

"범부와 성인이 함께 있고, 용과 뱀이 섞여 있다."

무착이 질문했다.

"대중이 어느 정도 됩니까?"

문수가 말했다.

"앞도 삼삼三三, 뒤도 삼삼三三이다."

[ 第036則]

## 장사화상의 봄날 산놀이

一芳草去落花回

마음을 내려놓은 곳이 곧 고향

풀길이 고향이고

낙화落花의 길 고향이다

풀잎이 살다 간 세상

낙화落花로 돌아오는 길

長沙。一日遊山。歸至門首。首座問。和尚什麽處去來。沙云。遊山來。首座云。到什麽處來。沙云。始隨芳草去。又逐落花回。座云。大似春意。沙云。也勝秋露滴芙蕖。

장사화상이 하루는 산을 놀다 돌아와 대문 앞에 이르자, 수좌가 물었다.

"화상은 어디를 다녀오십니까?"

장사화상이 말했다.

"산에 놀러 갔다 왔네."

수좌가 말했다.

"어디까지 다녀오셨습니까?"

장사화상이 말했다.

"처음은 방초를 따라갔다가 낙화 따라서 돌아왔다네."

수좌가 말했다.

"아주 봄날 같습니다."

장사화상이 말했다.

"역시 가을 이슬이 연꽃에 맺힌 것보다 낫다네."

[ 第037則]

## 반산화상의 삼계무법三界無法一何處求心

마음을 마음이라 하면 마음 아니다

이름 붙일 수 없는 것

마음이라 한다

텅 비어 유무有無 떠났다니

어디서 밥을 구하지?

한뼘 밟을 땅 없이 선사가 걸어간다

몇 세기의 노을도 그를 지울 수 없다

방하착放下着

주장자 짚는 곳이 길 되고 허공이 된다

盤山垂語云。三界無法。何處求心。

반산이 시중에서 법문했다.

“삼계三界는 무법無法인데, 어디에서 마음을 구하랴!”

[ 第038則]

## 풍혈화상과 조사의 마음

一祖師心印

조사祖師의 마음 도장은 불식不識과 다름없네

하여 주객 없는 것이 평상심인平常心印

철우鐵牛 탄, 노파장로는 굳이 심인心印을 구하려는지

산비탈에 오른발 들고

구름 위 왼발 짚네

허공에 나비처럼 발짓이 가벼워

진달래

곰솔 마을에서

별 쬐다 사라지네

風穴在郢州衙內。上堂云。祖師心印。狀似鐵牛之機。去卽印住。住卽印破。只如不去不住。印卽是。不印卽是。時有盧陂長老出問。某甲有鐵牛之機。請師不搭印。穴云。慣釣鯨鯢澄巨浸。卻嗟蛙步輾泥沙。陂佇思。穴喝云。長老何不進語。陂擬議。穴打一拂子。穴云。還記得話頭麽。試擧看。陂擬開口。穴又打一拂子。牧主云。佛法與王法一般。穴云。見箇什麽道理。牧主云。當斷不斷返招其亂。穴便下座。

풍혈화상이 영주州 관아官衙의 법단에서 말하였다.

"조사의 마음 도장(心印)이 무쇠소(鐵牛)의 지혜작용(機)과 같다. 도장을 떼면 자국이 남고, 누르면 도장으로 쓸모가 없다. 도장을 떼지도 않고, 그대로 두지도 않으니, 찍어야 옳은가? 찍지 말아야 옳은가?"

그때 노파장로가 대중 가운데서 나와 말했다.

"나한테 무쇠소의 지혜작용(機)이 있습니다. 화상은 찍지 마시요!"

풍혈화상이 말했다.

"고래를 낚아 바다를 맑히려 하는데, 개구리가 진흙탕 속 휘

젖고 있구나."

노파장로가 한참 생각에 잠기자, 풍혈화상이 고함치며 말했다.

"장로는 왜 말을 계속하지 못하는가?"

여전히 장로가 머뭇거리자, 풍혈화상은 불자拂子를 한번 치고 말했다.

"할 말을 찾고 있는가? 어서 말해봐라!"

노파장로가 무슨 말을 하려고 하자, 풍혈화상은 또다시 한차례 불자로 치니, 지사牧使가 말했다.

"불법과 왕법이 똑같습니다."

풍혈화상이 말했다.

"지사는 무슨 도리를 보았는가?"

지사가 말했다.

"끊어야 할 것을 끊지 않으면 도리어 난을 불러들이게 됩니다."

풍혈화상은 곧바로 법좌에서 내려왔다.

[第039則]

# 운문화상의 황금빛 털의사자
## 一金毛獅子

청정淸靜에 집착하면 법신法身도 혼탁이다
무심無心이면 무법無法이고
혼탁混濁도 청정淸靜이다
우리 집 마른 똥막대기가 부처의 주장자라니

한 평 작약 꽃밭이 무한 미륵전이고
육식六識 멈춘 이슬마다 삼세제불 거하네

거두어 오직 내 한 마음
만상을 이름한다

僧問雲門。如何是淸淨法身。門云。花藥欄。僧云。便恁麽去時如何。門云。金毛獅子。

한 스님이 운문화상에게 물었다.

"무엇이 청정 법신입니까?"

운문화상이 대답했다.

"작약芍藥 꽃밭이다."

그 스님이 또 질문했다.

"바로 이러한 법신의 경지에 있을 때는 어떻습니까?"

운문화상이 대답했다.

"황금빛 털 사자다."

[ 第040則]

## 남전화상과 육긍대부

一如夢相似

불법의 대의大意를 묻는 납승衲僧이여
말하는 지혜 작용과 우리 인연 살펴보니
마당 밖
꿈을 벗어나 영겁永劫의 꽃 폈구나

풀잎은 풀잎의 일이어서 이슬을 품고
새는 새의 일이라서 벌레를 물었네
천지간
어느 하나라도 집중하지 않는 일 없네

陸亙大夫。與南泉語話次。陸云。肇法師道。天地與我同根。萬物與我一體。也甚奇怪。南泉指庭前花。召大夫云。時人見此一株花。如夢相似。

육긍대부와 남전화상이 대화를 나누던 중, 육긍대부가 물었다.

"승조僧肇는 '천지는 나와 한 뿌리이며 만물은 나와 한 몸'이라고 말했는데, 이것은 정말 대단한 말입니다."

남전화상이 뜰에 핀 꽃 한 송이 가리키며 대부를 불러 말했다.

"요즘 사람들은 이 한 송이의 꽃을 마치 꿈속에서 보는 것같이 한다네."

[ 第041則]

## 조주화상의 크게 죽은 사람

一投明須到

살아도 면목面目 모르니 밤이 찾아온다

생사의 흔적

사상四像을 부수니 계절도 없다

옛 봄이 본래 없었으므로

마당에 새 봄이 있다

趙州問投子。大死底人卻活時如何。投子云。不許夜行。投明須到。

조주화상이 투자선사에게 물었다.

"크게 죽은 사람이 되살아날 때는 어떻습니까?"

투자선사가 대답했다.

"밤에 다녀서는 안 됩니다. 날이 밝으면 반드시 도착해야 합니다."

[第042則]

## 방거사와 눈 이야기

一握雪團打

구름 창가에 서성이고

햇살 기운다

가을바람 찾아드니

꽃잎 우수수 진다

저마다 낙처落處를 열어

겨울 동자가 흰 꽃을 던진다

龐居士辭藥山。山命十人禪客。相送至門首。居士指空中雪云。好雪片片不落別處。時有全禪客云。落在什麽處。士打一掌。全云。居士也不得草草。士云。汝恁麽稱禪客。閻老子未放汝在。全云。居士作麽生。士又打一掌。云眼見如盲。口說如啞。雪竇別云。初問處但握雪團便打。

방거사가 약산선사를 떠나려고 할 때, 약산은 열 명의 선승들이 방거사를 산문 앞에까지 배웅하도록 했다.

방거사는 하늘에 날리고 있는 눈송이를 가리키며 말했다.

"정말 멋있군! 눈송이 편편이 다른 곳에 떨어지지 않는군!"

그때 선승들이 모두 방거사 곁에서 말했다.

"어느 곳에 떨어집니까?"

방거사는 손바닥을 한번 쳤다.

선승들이 모두 말했다.

"거사의 행동이 너무 거친 것 아니오."

거사는 말했다.

"그대들이 이 정도의 안목으로 선객이라고 한다면 염라대왕

이 용서해주지 않으리라."

선객들은 말했다.

"거사라면 어떻게 하겠습니까?"

거사는 다시 손바닥을 치며 말했다.

"눈으로 보고 있지만 장님 같고, 입은 벌려도 벙어리 같다."

설두는 달리 착어했다.

"처음 물었을 때 눈을 뭉쳐 바로 던졌어야지."

[ 第043則]

## 동산화상의 춥지도 덥지도 않은 곳

一無寒暑處

불볕더위는

여름을 피하지 않고

차가운 눈은

겨울을 피하지 않네

올해도 고향 잊은 사람들

더위와 눈 소식 묻네

僧問洞山。寒暑到來如何迴避。山云。何不向無寒暑處去。僧云。如何是無寒暑處。山云。寒時寒殺闍黎。熱時熱殺闍黎。

한 스님이 동산화상에게 물었다.

"추위와 더위가 닥쳐오면 어떻게 피해야 합니까."

동산화상이 말했다.

"왜 춥지 않고 덥지 않는 곳으로 가지 않는가."

스님이 질문했다.

"어느 곳이 추위와 더위가 없는 곳입니까."

동산화상이 말했다.

"추울 때는 추위가 사리를 죽이도록 두고 더울 때는 더위가 사리를 죽이도록 두어라!"

[ 第044則]

## 화산화상의 북솜씨

一解打鼓

허공의 새소리 나무를 묻지 않고

그늘로 키운 바람 계절을 묻지 않는다

부처가 대의大意를 알리기 전

처처處處에서 북소리 난다

禾山垂語云。習學謂之聞。絶學謂之鄰。過此二者。是爲眞過。僧出問。如何是眞過。山云。解打鼓。又問。如何是眞諦。山云。解打鼓。又問。卽心卽佛卽不問。如何是非心非佛。山云。解打鼓。又問。向上人來時如何接。山云。解打鼓。

화산이 말했다.

"배움을 익히는 것을 들음이라 하고 배울 것이 없음을 가까움이라 한다. 이 둘을 넘어서는 것을 참된 초월이라 한다."

한 스님이 물었다.

"그 초월이란 어떤 것입니까?"

화산화상이 대답했다.

"북을 잘 쳐야 한다."

스님이 또 물었다.

"그럼 참된 진리란 무엇입니까?"

화산화상은 이번에도 말했다.

"북을 잘 쳐야 한다."

또다시 물었다.

"마음이 곧 불심佛心임은 잘 알고 있으니 그대로 두고, 비심비불은 어떤 겁니까?"

화산화상은 또 답했다.

"북을 잘 쳐야지."

스님이 물었다.

"향상인이 오신다면 어떻게 맞겠습니까?"

화산화상은 끝까지 말했다.

"북을 잘 쳐야지!"

[第045則]

## 조주스님의 만법귀일

—萬法歸一

만법萬法을 세는 지혜

일귀一歸를 쫓는 혜안慧眼

구도자求道者는 스스로 답 구했으니

마주쳐

차 한잔 공양하고 갈 길이나 가시게

마음 안팍 트여있어 청주가 지척이니

굳이 조주와 그대 한마음을 다시 구하네

일곱근

베적삼은 조주의 일

그대 샘법을 보여주시게

僧問趙州。萬法歸一。一歸何處。州云。我在青州。作一領布衫。重七斤。

한 스님이 조주화상에게 물었다.

“만법이 하나로 돌아갑니다만, 그럼 그 하나는 어디로 돌아갑니까.”

조주스님이 말했다.

“내가 청주에 있을 때 베적삼 하나를 만들었는데 무게가 일곱 근이었지.”

[第046則]

# 경청스님의 빗방울 소리

## 一出身猶可易

구도자求道者여 비를 피하는 것은 쉬우나

빗속 젖지 않는 것은 어렵다네

부처가 청운사淸雲寺* 연잎 위에서 빗방울 굴리네

* 연꽃으로 유명한 김제 만경의 사찰.

鏡淸問僧。門外是什麽聲。僧云。雨滴聲。淸云。衆生顚倒迷己逐物。僧云。和尚作麽生。淸云。洎不迷己。僧云。洎不迷己意旨如何。淸云。出身猶可易。脫體道應難。

경청스님이 한 스님에게 물었다.

"문밖에서 들리는 게 무슨 소리냐?"

스님은 말했다.

"빗방울 소리입니다."

경청스님이 말했다.

"중생이 전도하여 자기를 잃고 사물을 좇는다."

그러자 그 스님이 되물었다.

"스님께서는 어떠하십니까?"

경청스님이 응대했다.

"자칫했으면 나 자신도 잃어버릴 뻔했지."

그 스님이 또 물었다.

"자칫하면 잃어버릴 뻔하였다는 것은 또 무슨 뜻입니까?"

경청스님이 말했다.

"출신은 쉬워도, 탈체를 하기란 어려운 법이다."

[ 第047則]

## 운문의 법신

一六不收

법신法身의 크기 따지면 법신法身이 사라진다네

답승答僧을, 따라가지 않는다면 법신法身이 돌아올 수도

僧問雲門。如何是法身。門云。六不收。

한 스님이 운문화상에게 물었다.

“법신은 어떤 것입니까?”

운문화상이 말했다.

“여섯으로 거둘 수 없다.”

[ 第048則]

## 왕태부와 혜랑상좌의 차

一踏倒茶爐

분별分別이 일어나면

주전자를 뒤엎고

번뇌망념煩惱網念 깊다면

화로火爐를 뒤엎는다

화로火爐 위 주전자 있고

주전자 안에 화로火爐 있다

王太傅入招慶煎茶。時朗上座與明招把銚。朗翻卻茶銚。太傅見問上座。茶爐下是什麽。朗云。捧爐神。太傅云。旣是捧爐神。爲什麽翻卻茶銚。朗云。仕官千日失在一朝。太傅拂袖便去。明招云。朗上座喫卻招慶飯了。卻去江外。打野[木+埋]。朗云。和尙作麽生。招云。非人得其便。雪竇云。當時但踏倒茶爐。

왕태부가 초경원을 들르니 차를 달이고 있었다. 그때 혜랑상좌가 명초明招와 함께 차주전자를 붙잡고 있다가, 혜랑상좌가 차주전자를 엎어 버렸다. 왕태부가 이 모습을 보고 상좌에게 물었다.

"차 화로 밑에 무엇이 있습니까?"

혜랑상좌가 말했다.

"화로를 받드는 신이지요."

왕태부가 말했다.

"화로를 받드는 신이 왜 차주전자를 엎어 버렸소?"

혜랑상좌가 말했다.

"관에서 천일의 벼슬살이 하루아침에 쫓겨나지요."

왕태부는 소매를 떨치고 나가 버렸다.

명초가 말했다.

"혜랑상좌는 초경의 밥을 얻어먹고 도리어 강 밖에서 시끄럽게 소란을 피우는군."

혜랑이 말했다.

"화상은 어떻게 하겠습니까?"

명초가 말했다.

"사람아닌 것에 당했군."

설두가 말했다.

"당시에 차 달이는 화로를 엎었어야지!"

[ 第049則]

# 삼성과 황금빛 물고기

—三聖透網金鱗

투망投網에 갇힌 자
허공에서 땅을 말하니
땅을 밟으려거든
투망投網을 찢고 나오길

그물 밖 황금물고기 땅과 바다가 없다

산하 비친 호수에 낚시대 홀로 있다
환생을 꿈 꾸는 구름 위의 빙어떼

무위사無爲寺
용궁 안이 텅비고 황금물고기 흔적 없다

三聖問雪峰。透網金鱗。未審以何爲食。峰云。待汝出網來。向汝道。聖云。一千五百人善知識。話頭也不識。峰云。老僧住持事繁。

삼성화상이 설봉화상에게 물었다.

"그물을 뚫고 나온 황금빛 물고기는 무엇을 먹고 삽니까?"

설봉화상이 말했다.

"그대가 그물을 빠져나오길 기다렸다 말해주겠다."

삼성화상이 말했다.

"1500인을 지도하는 선지식이 화두話頭를 알지 못하는 군!"

설봉화상이 말했다.

"노승은 주지의 일로 바쁘다."

[ 第050則]

## 운문의 진진삼매塵塵三昧

一鉢裏飯桶裏水

발우鉢盂에 밥이 꽉 차서 엿볼 틈이 없다

물통의 물은 물이라서

물통 밖은 상관 않는다

발우鉢盂도 물통에게도 손잡이가 없구나!

僧問雲門。如何是塵塵三昧。門云。缽裏飯桶裏水。

한 스님이 운문화상에게 물었다.

"진진塵塵 삼매가 무엇입니까?"

운문화상이 대답했다.

"발우 속에는 밥이 있고 물통 안에는 물이 있다."

[ 第051則]

# 설봉화상과 두 스님

一要識末句後

할喝! 소리에 할喝! 이라 답하니

선사는 만법萬法을 확인하고 되돌아갔다

내 객客은 할喝 소리 집어치우고 막걸리나 마시세

말후귀末後句 삼키니 뜰 앞 잣나무라네

그늘 형상, 뜻 가늠 없어 고개 숙이니

땅 아래

도솔천과 염부를 한 뿌리가 꿰뚫었네

雪峰住庵時。有兩僧來禮拜。峰見來。以手托庵門。放身出云。是什麽。僧亦云。是什麽。峰低頭歸庵。僧後到巖頭。頭問。什麽處來。僧云。嶺南來。頭云。曾到雪峰麽。僧云。曾到。頭云。有何言句。僧擧前話。頭云。他道什麽。僧云。他無語低頭歸庵。頭云。噫我當初悔不向他道末後句。若向伊道。天下人不奈雪老何。僧至夏末。再擧前話請益。頭云。何不早問。僧云。未敢容易。頭云。雪峰雖與我同條生。不與我同條死。要識末句後。只這是。

설봉화상이 암자에 있을 때 두 스님이 찾아와서 예배를 하자, 설봉화상은 그들을 보고 암자의 문을 열고 나오면서 말했다.

"이것이 뭐야!"

스님도 역시 말했다.

"이것이 뭐야!"

설봉은 머리를 숙이고 암자로 돌아갔다.

스님은 뒤에 암두화상에 이르자, 암두화상이 물었다.

"어디서 오는가?"

스님은 말했다. “영남에서 왔습니다.”

암두화상은 물었다. “설봉화상을 찾아갔었는가?”

스님은 대답했다. “예. 갔다 왔습니다.”

암두화상은 물었다. “설봉이 무슨 말을 했었는가.”

스님은 지난날 대화를 말하자, 암두화상이 말했다.

“그가 무슨 말을 했었는가?”

스님은 말했다.

“설봉화상은 아무 말 없이 고개를 숙이고 암자로 되돌아갔습니다.”

암두화상이 말했다.

“아! 내가 처음에 그에게 불법의 궁극적인 한 말(末後句)을 말해주지 않은 것이 후회가 된다. 만약 그에게 말후구末後句를 말해주었으면 천하가 설봉을 어찌하지 못했을 텐데.”

그 스님은 여름 끝에 전의 이야기를 다시 꺼내어 (암두화상께)법문을 청했다. 암두화상은 말했다.

“왜 진작 묻지 않았는가?”

스님은 말했다.

"감히 쉽지 못했습니다."

암두화상은 말했다.

"설봉이 나와 똑같은 줄기에서 태어났지만 나와 같은 줄기에서 죽지는 않는다. 그대가 궁극적인 한 말(末後句)을 알고자 한다면. 단지 이것일 뿐이다."

[ 第052則]

## 조주의 돌다리

一渡驢渡馬

조주의 석교石橋를 알 수 없다면

이 곳에서 저 곳으로 건널 수 없다

조주성, 문승이 띄운 무지개

제 마음 가로막음을

僧問趙州。久響趙州石橋。到來只見略彴。州云。汝只見略彴。且不見石橋。僧云。如何是石橋。州云。渡驢渡馬。

한 스님이 조주화상에게 물었다.

"조주의 돌다리(石橋)에 대하여 들은 지 오래되었는데, 막상 와서 보니 외나무다리뿐이군요."

조주화상이 말했다.

"그대는 외나무다리만 보았을 뿐 돌다리(石橋)는 보지 못했군!"

스님이 질문했다.

"무엇이 돌다리(石橋)입니까?"

조주화상이 대답했다.

"나귀도 건너고 말도 건너네."

[ 第053則]

# 마조화상과 들오리

一何曾飛去

가을이 가는 것 아닌

겨울을 앞세우는 것

들오리 날아가는 것 아닌

크게 돌아오는 것

먼 꿈 속

잠시 서 있는 것 아닌

생시生時 영영 걸어가는 것

馬大師與百丈行次。見野鴨子飛過。大師云。是什麽。丈云。野鴨子。大師云。什麽處去也。丈云。飛過去也。大師遂扭百丈鼻頭。丈作忍痛聲。大師云。何曾飛去。

마조대사가 백장스님과 함께 길을 갈 때 들오리가 날아가는 모습을 보았다.

마조대사가 말했다.

"이것이 무엇인가?"

백장스님이 말했다.

"들오리입니다."

마조대사가 물었다.

"어디로 날아갔는가?"

백장이 말했다.

"날아갔습니다."

마조대사는 백장의 코를 비틀었다. 백장은 아픔을 참을 수 없어 소리쳤다. 마조대사가 말했다. "뭐라고? 날아가버렸다고?"

[ 第054則]

## 운문화상의 '어디서 왔는가'
### 一某甲話在

봄날 벽암록碧巖錄 펴니 산벚 날린다

운문이 펼친 손바닥

노는 꽃이라면

스님 손

회오리 지문指紋 꽃의 자취라네

雲門問僧近離甚處。僧云。西禪。門云。西禪近日有何言句。僧展兩手。門打一掌。僧云。某甲話在。門卻展兩手。僧無語。門便打。

운문화상이 한 스님에게 물었다.

"근래 어디서 왔는가?"

스님이 대답했다.

"서선(西禪寺)에서 왔습니다."

운문화상이 물었다.

"서선에서는 요즘 어떤 말(言句)을 하는가?"

스님은 양손을 폈다.

운문화상은 손바닥으로 한 방 때렸다.

스님은 말했다.

"나도 할 말이 있습니다."

운문화상이 두 손을 펼쳐 보였다.

그 스님은 말이 없었다.

운문화상은 곧장 내리쳤다.

[ 第055則]

## 도오화상의 조문
一不道不道

관棺속의 자에게는 그렇다 하더라도

목전目前의 자

산 것인가 죽은 것인가

그대의, 관棺 속 시구屍軀가 부도부도不道不道라 전한다

쇠껍질로 씌운 생을 북으로 울어대니

취모검吹毛劍 하나 와서 단칼에 목을 벤다

생사를, 말할 수 있는가

관 밖의 활인이여

道吾與漸源至一家弔慰。源拍棺云。生邪死邪。吾云。生也不道。死也不道。源云。爲什麼不道。吾云。不道不道。回至中路。源云。和尙快與某甲道。若不道。打和尙去也。吾云。打卽任打。道卽不道。源便打。後道吾遷化。源到石霜擧似前話。霜云。生也不道。死也不道。源云。爲什麼不道。霜云。不道不道。源於言下有省。源一日將鍬子。於法堂上。從東過西。從西過東。霜云。作什麼。源云。覓先師靈骨。霜云。洪波浩渺白浪滔天。覓什麼先師靈骨。源云。正好著力。太原孚云。先師靈骨猶在。

도오화상이 점원스님과 함께 어느 집에서 조문을 하였다. 점원이 관을 두드리며 말했다.

"살았는가? 죽었는가?"

도오화상이 말했다.

"살았다고도 말할 수 없고, 죽었다고도 말할 수 없다."

점원이 말했다.

"어째서 말할 수 없습니까?"

도오화상이 말했다.

"말할 수 없다, 말할 수 없다."

돌아가는 길에 점원이 말했다.

"화상은 저에게 빨리 말하세요. 말하지 않으면 화상을 때릴 겁니다."

도오화상이 말했다.

"때리려면 맞겠다! 그러나 말할 수 없다."

점원은 즉시 후려쳤다.

그 뒤에 도오화상이 입적 후 점원은 석상화상께 가서 이 이야기를 꺼냈다. 석상화상은 말했다.

"살았다고도 말할 수 없고, 죽었다고도 말할 수 없다."

점원이 말했다.

"어째서 말할 수 없습니까?"

석상화상이 말했다.

"말할 수 없다, 말할 수 없어."

점원은 그 말을 듣고 바로 깨달았다.

점원은 어느 날 삽을 들고 법당에서 동에서 서로, 서에서 동으로 돌아다니자, 석상화상이 말했다.

"무얼 하는가?"

점원은 말했다.

"스승(先師)의 영골靈骨을 찾습니다."

석상화상이 말했다.

"큰 바다의 파도가 하늘까지 넘실거리는데, 무슨 스승의 영골을 찾겠다는 것인가?"

설두가 착어했다.

"아이고! 아이고!"

점원이 말했다.

"온 힘을 다해서 부딪쳐 봅니다."

태원의 부상좌가 말했다.

"스승의 영골이 아직 남아 있네."

[ 第056則]

## 흠산화상의 화살 일촉一鏃
### 一一鏃破三關

분별망상分別妄想 앞세워
만발 화살이 꿈속이다
소 돼지 알음알이로 또 한 생 헛되구나
눈 귀 코, 외양간에서
생각 굴린 내 그림자여

대덕의 중생 위한 자비심이 산과 같다
본면목 밝히기 위해 외양간에 들었지만
이제 와 무슨 소용인가
부처 조사가 사족인걸

良禪客問欽山。一鏃破三關時如何。山云。放出關中主看。良云。恁麼則知過必改。山云。更待何時。良云。好箭放不著所在便出。山云。且來闍黎。良回首。山把住云。一鏃破三關卽且止。試與欽山發箭看。良擬議。山打七棒云。且聽這漢疑三十年。

거양巨良 선객이 흠산欽山화상에게 물었다.

"한 개 화살로 세 관문을 쏘았을 때는 어떻습니까?"

흠산화상이 말했다.

"관문 속의 주인을 내보여라!"

거양이 말했다.

"허물을 알면 반드시 고쳐야지요."

흠산화상이 말했다.

"다음 어느 때를 기다려야 하는가?"

"화살을 잘 쏘았으나 맞지는 않았습니다."

거양이 말하고 바로 나갔다.

흠산화상이 말했다.

"잠깐 보세, 화상!"

거양이 머리를 돌리자 흠산화상은 멱살을 붙잡고 말했다.

"한 개 화살로 세 관문을 쏘는 일은 그만두고 흠산을 화살로 쏘아 봐라!"

거양이 머뭇거리자, 흠산화상은 일곱 방을 치면서 말했다.

"이놈은 앞으로 30년 정도 더 헤매야겠군."

[ 第057則]

## 조주화상과 간택하지 않음

一處是揀擇

높낮음과 경중輕重, 오감五感의 분별들

차별差別의 세상으로 큰 사랑 이루었네

눈뜨니

마당 위 경계없어 나비 산꽃이 밭을 일구네

僧問趙州。至道無難唯嫌揀擇。如何是不揀擇。州云。天上天下唯我獨尊。僧云。此猶是揀擇。州云。田厙奴。什麽處是揀擇。僧無語。

한 스님이 조주화상에게 물었다.

"'지극한 도는 어려움이 없다. 오직 간택하지 않으면 된다.'라고 했는데, 어떤 것이 간택하지 않는 것입니까?"

조주화상이 말했다.

"천상천하에 오직 나 홀로 존귀한 존재이다."

스님이 말했다.

"그 역시 간택입니다."

조주화상이 말했다.

"이 어리석은 사람아! 어느 곳이 간택이란 말인가!"

스님은 말이 없었다.

[ 第058則]

## 조주화상과 지도무난至道無難의 함정

一烏飛免走

손과 입으로 눈을 대신하는 청맹과니여

실상實相 위에 덧칠한 견해 어찌하겠나

오년五年이, 지난 그때 질문에 어떻다고 말할 수 없다

비정형의 구름이 흘러가나 길이 없다

풀씨가 아무 땅 앉았으나 당처에 맞다

철 지나 옳고 그름 묻는다면

무어라 말할 수 없다

僧問趙州。至道無難唯嫌揀擇。是時人窠窟否。州云。曾有人問我。直得五年分疏不下。

한 스님이 조주화상에게 물었다.

"'도에 이르는 것은 어려움이 없다. 오직 간택하지 않으면 된다.'라고 했는데, 요즘 사람은 이 말에 집착하여 함정에 빠진 것 아닙니까?"

조주화상이 대답했다.

"전에도 어떤 사람이 나한테 물었는데, 5년이 지났지만 아직 분명히 설명할 수가 없네."

[ 第059則]

## 조주화상과 지도무난至道無難
## 一唯嫌揀擇

좋은 선택 끝 깨침 있는 줄 알았네

깨침이란 본래 없어 간택簡擇도 쓸모 없음을

긴 봄날

겨울 상像 없고

일택一擇이 자유롭다

僧問趙州。至道無難。唯嫌揀擇。纔有語言是揀擇。和尚如何爲人。州云。何不引盡這語。僧云。某甲只念到這裏。州云。只這至道無難唯嫌揀擇

한 스님이 조주화상에게 물었다.

"'도에 이르는 것은 어려움이 없다. 다만 간택하는 마음이 없으면 된다.'라고 하였지만, 말을 하면 그것이 곧 간택인데, 화상께서는 어떻게 사람들을 지도하시겠습니까."

조주화상이 대답했다.

"그대는 왜 이 말을 다 인용하지 않는가."

스님이 말했다.

"저는 단지 여기까지 생각하고 있기 때문입니다."

조주화상이 말했다.

"지극한 도는 어려움이 전혀 없다. 단지 간택하는 마음이 없으면 된다."

[ 第060則]

## 운문화상의 주장자

一拄杖呑乾

무슨 일 일어났는지

어디로 돌아가는지

소리 색, 생각 아닌 마음조차 다름 없다

모른다

바로 쉬는 자리에 주장자 서 있다

雲門以拄杖示衆云。拄杖子化爲龍。呑卻乾坤了也。山河大地甚處得來。

운문화상이 주장자를 들고 대중에게 설하였다.

“이 주장자가 용으로 변하여 하늘과 땅을 삼켜버렸다, 산과 강(山河) 대지는 어디에서 얻을 수 있는가?”

[ 第061則]

# 풍혈화상이 한 티끌을 세운 법문

一若立一塵

수레가 파지破紙에 덮인 노인을 끌고 간다

눈발이 쓸리는 쪽 발자취를 지우며

마지막 저울의 영민英敏함이 명경대明鏡臺에 인도한다

티끌 하나 밑천 삼아 참 많은 것 끌어모았다

서편에는 부처 극락

잠 속에는 아귀 지옥

보살이 한 세상 비우시고 육도윤회六道輪回 따라간다

風穴垂語云。若立一塵。家國興盛。不立一塵。家國喪亡。雪竇拈拄杖云。還有同生同死底衲僧麽。

풍혈화상이 대중에게 법문을 제시하였다.

"만약 한 티끌을 세우면 나라가 흥성하고, 한 티끌을 세우지 않으면 나라가 멸망한다."

설두화상이 주장자를 들고 말했다.

"함께 살고 함께 죽을 납승이 있는가?"

[第062則]

## 운문화상과 하나의 보물

一雲門一寶 中有一寶

지금, 이곳, 생각 사위어

절대 현재인이다

많고 적음, 유무를 동시에 보여주는

저 홀로 삼천세계 세웠다 만법을 거두는

이 보배가 서방정토西方淨土를 눈썹 위에 띄우고

억겁億劫 시간조차 찰나로 스친다

촛불 밑

햇살 바람 부는 대로 그대 향해 걸어간다

雲門示衆云。乾坤之內。宇宙之間。中有一寶。祕在形山。拈燈籠向佛殿裏。將三門來燈籠上。

운문화상이 대중에게 설법하였다.

"하늘과 땅 안, 우주 사이 하나의 보배가 있어, 형산形山에 감추어져 있다. 등불(燈籠)을 들고서 불전佛殿을 향해 가고, 삼문三門을 들어서 등불(燈籠) 위로 온다."

[ 第063則]

## 남전화상과 고양이

—南泉斬猫

선원에 어찌 고양이만 있겠는가

부처 조사 만나거든

단칼에 베라 했지

햇살이 법당法堂 한 바퀴 돌아 반대편에 큰 절 한다

이것이다 저것이다 밝힌 순간

토끼뿔이다

한 편의 견해 지울 밤낮이 두루 일어

너와 나 비친 그대로

강물이다

산이다

南泉一日東西兩堂爭貓兒。南泉見遂提起云。道得卽不斬。衆無對。泉斬貓兒爲兩段。

남전화상은 어느 날 동서 양당의 스님들이 고양이 때문에 다투고 있는 것을 보았다.

남전화상은 고양이를 잡아들고서 말했다.

"말할 수 있으면 고양이를 베지 않겠다."

대중들은 말이 없었다.

남전화상은 고양이를 두 동강이로 베어 버렸다.

[ 第064則]

## 조주화상이 짚신을 머리 위에 올려놓다
一草鞋頭戴

이쪽 저쪽 아니고 과거 현재 아닌

깊고 얕음 아니고 크거나 작지 않은

머리 위 짚신의 용처用處가 선악성속善惡聖俗 해방한다

南泉復擧前話。問趙州。州便脫草鞋。於頭上戴出。南泉云。子若在。恰救得貓兒。

남전화상은 전에 있었던 사건을 말하여 조주선사에게 물었다. 조주선사는 바로 짚신을 벗어 머리 위에 이고 나가 버렸다.

남전화상은 말했다.

"만약 그대가 있었다면 고양이를 구할 수 있었을 텐데."

[ 第065則]

## 외도가 부처님께 질문하다

一良馬見鞭影

말머리 발자국 지운 침묵을 놓아주니

의문도 깨우침도 저물녘 흔적이다

폭설에, 점점 길 희미해도

아무도 그를 묻지 않는다

外道問佛。不問有言。不問無言。世尊良久。外道讚歎云。世尊大慈大悲。開我迷雲。令我得入。外道去後阿難問佛。外道有何所證。而言得入。佛云。如世良馬見鞭影而行。

어떤 외도外道가 부처님에게 물었다.

"유언有言도 묻지 않고, 말없이 무언無言도 묻지 않습니다. (말과 침묵을 여읜 경지에서 불법의 진수를 설해 주십시오)"

세존이 말없이 계셨다(良久). 외도는 찬탄하며 말했다.

"세존의 대자대비로 저의 미혹한 구름을 열어 저를 깨달음에 들게 하셨습니다."

외도가 떠난 후에 아난이 부처님께 여쭈었다.

"외도는 무엇을 증득했기에 깨달음을 체득했다고 합니까?"

부처님은 말씀했다.

"좋은 말은 채찍 그림자만 보아도 달리는 것과 같다."

[ 第066則]

## 암두화상과 어디서 왔는가

一師頭落也

칼을 얻었다 하면 무명분별無明分別에 얽매인다

칼 대신 쇠막대라야 조사를 참문摲問 하니

머리 위 머리가 없어

아무도 다치지 않네

巖頭問僧什麽處來。僧云。西京來。頭云。黃巢過後。還收得劍麽。僧云。收得。巖頭引頸近前云。[口+力]。僧云。師頭落也。巖頭呵呵大笑。僧後到雪峰。峰問。什麽處來。僧云。巖頭來。峰云。有何言句。僧擧前話。雪峰打三十棒趕出。

암두화상이 스님에게 물었다.

"어디서 왔는가?"

스님이 대답했다.

"서경에서 왔습니다."

암두화상이 물었다.

"황소黃巢의 난 이후에 칼을 얻었는가?"

스님이 대답했다.

"입수했습니다."

암두화상이 스님 앞으로 목 내밀며 말했다. 스님이 말했다.

"화상의 머리가 떨어졌습니다."

암두화상이 크게 웃었다.

그 스님이 후에 설봉화상을 만나자, 설봉화상이 물었다.

"어디서 왔는가?"

스님이 대답했다.

"암두에서 왔습니다."

설봉화상이 말했다.

"무슨 말을 하시던가?"

스님이 앞의 이야기를 말하자, 설봉화상은 삼십 방을 쳐서 쫓아 버렸다.

[ 第067則]

## 부대사의 금강경강의

一揮案一下

경상經牀을 후려치면 이마에 뿔이 솟네
수행자는 어떻게 선병禪病을 고쳐야 하나
만리萬里 밖 선혜대사가 두 귀를 씻고 있다

그 생각 그 몸이 꼬리 밟힌 장애
소리보다 사람이 앞섰으니 뿔이 돋지
묵언 뒤 일체의 소리 끝에 돌부처가 살아난다

梁武帝請傅大士講金剛經。大士便於座上。揮案一下。便下座。武帝愕然。誌公問。陛下還會麽。帝云。不會。誌公云。大士講經竟。

양무제가 부대사傅大士를 초청하여 금강경 강의를 청하였다.

부대사는 법상에 올라서 경상을 한번 후려치고 곧바로 내려왔다.

양무제는 깜짝 놀랐다.

지공화상이 질문했다.

"폐하께서는 아시겠습니까?"

무제는 말했다.

"잘 모르겠습니다."

지공화상이 말했다.

"부대사의 경전 강의가 끝났습니다."

[ 第068則]

# 앙산혜적화상과 삼성혜연화상

一汝名什麽

꿈에 본 기룬님 무시로 생각다가

앞굴헝 뒷굴헝이 전생인지 후생인지

상강절霜降節 내 누구인지

도무지 알 수 없다

내 이름을

그대 이름으로 몰래 불러주길

침묵의 겨울이 즌대*를 가리우니

억만년

달하 노피곰 도다샤** 이름 뒤 비추시길

* 진대(진흙구렁)

** 달아 높이 떠서-정읍사에서 인용.

仰山問三聖。汝名什麽。聖云。惠寂。ㅈ仰山云。惠寂是我。聖云。我名惠然。仰山呵呵大笑。

앙산화상이 삼성스님에게 물었다.

"그대의 이름은 무엇인가?"

삼성스님이 말했다.

"혜적慧寂입니다."

앙산화상이 말했다.

"혜적은 바로 내 이름인데."

삼성스님이 말했다.

"내 이름은 혜연慧然입니다."

앙산화상이 한바탕 크게 웃었다.

[ 第069則]

## 남전화상과 일원상一圓相

一畫一圓相

한 생각을 쉬니

옛 고향 밝아온다

이 또한 마음 밖 전 할이 없다

부처와, 역대조사歷代祖師가

그대로 한 식솔食率이다

南泉歸宗麻谷。同去禮拜忠國師。至中路。南泉於地上。畫一圓相云。道得卽去。歸宗於圓相中坐。麻谷便作女人拜。泉云。恁麽則不去也。歸宗云。是什麽心行。

남전, 귀종, 마곡화상이 함께 혜충국사를 예배하러 가는 도중에 남전화상이 땅에 일원상을 그려놓고 말했다.

"한마디를 도를 말하면 가겠다."

귀종화상이 그 일원상 가운데 앉았다.

마곡화상은 여인이 절하는 시늉을 하였다.

남전화상이 말했다.

"그러하다면 가지 않겠다."

귀종화상이 말했다.

"이 무슨 수작인가?"

[ 第070則]

## 백장화상이 위산에게 입과 목을 막고 말하게 하다
一併却咽喉

어떤 법문法文도 다섯 구멍의 소리와 같다

바람 소리는 바람으로 되돌릴 뿐

사대四大*에 십방十方으로 길 튼

눈알이 지나간다

*

① 세상 만물을 구성하는 땅·물·불·바람의 네 가지 요소. 사대종四大種.
② 사람의 몸이 위의 네 가지 요소로 이루어졌다고 하여 이름.

潙山五峰雲巖。同侍立百丈。百丈問潙山。併卻咽喉唇吻。作麽生道。潙山云。卻請和尙道。丈云。我不辭向汝道。恐已後喪我兒孫。

위산山과 오봉五峯, 운암雲巖이 함께 백장화상을 모시고 서 있었다.

백장화상은 위산스님에게 물었다.

"목구멍과 입을 닫아 버리고 어떻게 말할 수 있는가?"

위산스님이 말했다.

"화상께 말씀을 청해 보겠습니다."

백장이 말했다.

"내가 말함을 사양 않지만, 훗날 나의 자손을 잃어버릴까 두렵다."

[ 第071則]

## 백장화상이 오봉五峰에게 목구멍과 입술을 닫고 말하라 함

一斫額望汝

사리事理 분별처分別處도 법성法性의 지혜처智慧處이니

말, 뜻 단절처斷切處와 다름 아니네

백장은 크게 죽었다 살아나 중생衆生의 입 살렸네

먹통 속에 목구멍과 입술 뚫었으니

굳이 밥과 말을 위해서가 아니네

죽었다 살아난 자가 구멍 하나로 피리를 분다

百丈復問五峰。併卻咽喉唇吻。作麽生道。峰云。和尙也須併卻。丈云。無人處斫額望汝。

백장화상이 다시 오봉스님에게 물었다.

"목구멍과 입술을 막고 어떻게 말하겠는가?"

오봉스님이 말했다.

"화상도 목구멍과 입을 닫으세요!"

백장화상이 말했다.

"사람이 없는 곳에서 이마에 손을 대고 그대를 바라본다."

[第072則]

## 백장화상이 운암雲巖의 안목을 점검하다
一喪我兒孫

나방이 불빛 유리창에 부딪친다
사량思量 망심妄心으로 창 없는 창 외면한다
슬프다
불성佛性의 지혜가 우리 입술을 비출 뿐

그대의 눈이 겹눈 닮아
뜻 하나 조각내고

그대의 발이 풀뿌리와 같아
땅 밑 헤매나

거울이
목구멍 그 밖 세상
입술 닫아 보여주네

百丈又問雲巖。併卻咽喉唇吻。作麽生道。巖云。和尚有也未。丈云。喪我兒孫。

백장화상이 또 운암스님에게 물었다.

"그대는 목구멍과 입술을 닫고 어떻게 말하겠는가?"

운암스님이 말했다.

"화상은 역시 그렇게 할 수 있습니까?"

백장화상이 말했다.

"나의 자손을 잃어버렸구나!"

[ 第073則]

## 마조문하의 서당西堂과 백장百丈

一頭白頭黑

달마 서래의西來意 없으니 단지 눈만 크게 뜬다

그 뜻 재차 물으면 나는 모르는 일

산 제비 봄을 알리기 전

꽃 구경을 한다

僧問馬大師。離四句絶百非。請師直指某甲西來意。馬師云。我今日勞倦。不能爲汝說。問取智藏去。僧問智藏。藏云。何不問和尙。僧云。和尙敎來問。藏云。我今日頭痛。不能爲汝說。問取海兄去。僧問海兄。海云。我到這裏却不會。僧擧似馬大師。馬師云。藏頭白海頭黑。

한 스님이 마조화상에게 물었다.

"사구四句를 여의고 백비百非를 떠나서 화상께서는 저에게 조사가 서쪽에서 오신 뜻을 곧 바로 가르쳐 주십시오."

마조화상은 말했다.

"내가 오늘 피곤해 말할 수 없으니, 지장智藏에게 물어보게!"

그 스님이 지장스님에게 물으니, 말했다.

"왜 마조화상께 묻지 않는가?"

"화상께서 스님께 물어보라고 했습니다."

지장이 말했다.

"내가 오늘 머리가 아파서 말할 수 없으니, 회해懷海사형에게 묻도록 하게."

스님은 회해스님께 묻자, 회해스님은 대답했다.

"나는 그 일에 대해 전혀 알지 못합니다."

스님이 이러한 일을 마조화상께 거론하자, 마조화상은 말했다.

"지장의 머리는 희고, 회해의 머리는 검다."

[ 第074則]

## 금우화상의 밥통

一飯桶作舞

무한 사랑으로 곡식과 이슬 익었으니

제불諸佛의 공덕功德 불심佛心 찬탄하지 않으리요

열반절涅槃節

햇살 바람 아닌 부처의 살과 피를 마신다

金牛和尙每至齋時。自將飯桶。於僧堂前作舞。呵呵大笑云。菩薩子喫飯來。雪竇云。雖然如此。金牛不是好心。僧問長慶。古人道。菩薩子喫飯來。意旨如何。慶云。大似因齋慶讚。

금우화상은 매일 점심 공양 시간이 되면 밥통을 들고 승당 앞에서 춤을 추면서 껄껄 웃으며 말했다.

"보살들이여! 공양하러 오시오."

설두스님이 말했다.

"비록 이와 같이 하였지만 금우화상은 호의로 한 것이 아니다."

어떤 스님이 장경스님에게 질문했다.

"'옛 사람이 보살들이여! 공양하러 오시오.'라고 말한 의미는 무엇입니까?"

장경스님이 말했다.

"마치 점심 공양을 받고 찬양하는 법식과 같네."

[ 第075則]

## 오구화상이 정주화상의 선법을 묻다
一打著一箇

한 방망이에 꽃피고 꽃 속에 납승衲僧있다

오구승 귀띔 하건대

“우리 셋은 한목숨이다”

僧從定州和尚會裏。來到烏臼。烏臼問。定州法道何似這裏。僧云。不別。臼云。若不別更轉彼中去。便打。僧云。棒頭有眼。不得草草打人。臼云。今日打著一箇也。又打三下。僧便出去。臼云。屈棒元來有人喫在。僧轉身云。爭奈杓柄。在和尚手裏。臼云。汝若要山僧回與汝。僧近前奪臼手中棒。打臼三下。臼云。屈棒屈棒。僧云。有人喫在。臼云。草草打著箇漢。僧便禮拜。臼云。和尚卻恁麽去也。僧大笑而出。臼云。消得恁麽。消得恁麽。

어떤 스님이 정주화상의 회하에서 나온 뒤에 오구화상에 갔다, 오구화상이 물었다.

"정주화상의 법도는 여기와 어떤 차이가 있는가?"

스님이 말했다.

"다르지 않습니다."

오구화상은 바로 후려치며 말했다.

"만약 다르지 않다면 다시 거기로 가라!"

스님이 말했다.

"방망이에 눈이 있습니다. 함부로 사람을 후려치면 안 됩니다."

오구화상이 말했다.

"오늘은 한 사람(一箇)을 친다."

오구화상이 말했다.

"말없는 방망이를 얻어맞은 사람이 있었구나!"

스님은 몸을 돌리며 말했다.

"몽둥이 자루를 화상이 쥐고 있는데, 어떡합니까?"

오구화상이 말했다.

"필요하다면 그대에게 빌려주겠다."

스님은 가까이 가서 오구화상의 주장자를 빼앗아 세 차례나 쳤다.

오구화상이 말했다.

"억울한 방망이야, 억울한 방망이!"

스님은 말했다.

"어떤 사람이 방망이를 맞습니까?"

오구화상이 말했다.

"함부로 방망이를 휘두르는 놈이군!"

스님은 곧 예배를 올렸다.

오구화상이 말했다.

"화상! 이렇게 하는 것이야!"

스님이 큰 소리로 웃으며 나갔다.

오구화상이 말했다.

"이렇게 할 수 있다니, 이렇게 할 수 있다니…." 하면서

또 세 번이나 후려쳤다.

스님은 곧장 승당 밖으로 나갔다.

[ 第076則]

# 단하화상이 어디서 왔는가 묻다

一喫飯了未

단풍잎 어디로 뛰어드는지

꾀꼬리 곡조들 어디서 내려오는지

구불길 되돌려 보내니

영겁永劫의 허공虛空이라네

산 밑에서 왔고

공양했다 말하니

객승의 일 왈가 왈부 하지 않는다

늦가을 화염에 쌓인 산자락

불목하니가 여념 없다

丹霞問僧。甚處來。僧云。山下來。霞云。喫飯了也未。僧云。喫飯了。霞云。將飯來與汝喫底人。還具眼麽。僧無語。長慶問保福。將飯與人喫。報恩有分。爲什麽不具眼。福云。施者受者二俱瞎漢。長慶云。盡其機來。還成瞎否。福云。道我瞎得麽。

단하화상이 어떤 스님에게 물었다.

"어디서 왔는가?"

스님이 말했다.

"산 아래서 왔습니다."

단화화상이 말했다.

"밥은 먹었는가?"

스님이 대답했다.

"밥은 먹었습니다."

단화화상이 말했다.

"그대에게 밥을 먹도록 한 사람은 안목을 갖추었는가?"

스님은 대답을 하지 못했다. 장경선사가 보복선사에게 물었다.

"밥을 먹게 한 것은 은혜에 보답할 일이데, 어째서 안목을 갖추지 못했다고 합니까?"

보복선사가 말했다.

"베푸는 사람이나 받는 사람이나 모두 눈먼 놈들이다."

장경선사가 말했다.

"본분의 선기를 다했다면 눈먼 사람이라 할 수 있을까?"

보복선사가 말했다.

"나를 눈먼 사람이라고 보는가?"

[ 第077則]

## 운문화상의 호떡

一餬餠

부처와 조사 이전

생각 떠난 운문 있다

나에게 초월 말씀 없어 한발 거두니

앞뒤로 시간이 멈춘 곳

결말인 호떡이 있다

僧問雲門。如何是超佛越祖之談。門云。餬餅。

한 스님이 운문화상에게 물었다.

"무엇이 부처를 초월하고 조사를 초월하는 말씀입니까?"

운문화상이 말했다.

"호떡이다."

[第078則]

# 열여섯명의 보살이 목욕하며 깨닫다
一忽悟水因

만사萬事 공空함 속에 홀연 촉각 일어선다

수인水因이란 보고 듣는 인연일 뿐

만법萬法이 옛집으로 돌아가니

모든 길이 집 밖 향한다

촉각 하나 바로 섬은

죽은 하늘, 땅 지우는 일

말, 뜻, 느낌하나 가죽부대에 담아서

생각이 사람을 지어 생사生死를 내세운다

古有十六開士。於浴僧時隨例入浴。忽悟水因。諸禪德作麼生會。他道妙觸宣明。成佛子住。也須七穿八穴始得。

옛날에 열여섯 명의 개사가 있었는데, 스님들이 목욕할 때 차례로 욕실에 들어갔다가 홀연 물의 인연을 깨달았다.

“모든 선덕들이여! 저들이 미묘한 감촉 또렷이 빛나며, “불자의 경지가 되었네.”라고 말했는데, 이것을 어떻게 이해해야 하는가? 필시 종횡으로 자유자재해야만 비로소 그와 같이 할 수 있다.”

[ 第079則]

## 투자화상과 부처의 소리

一一切佛聲

소리가 오는 길은 마음 안인가

밖인가

마음에 안팎 없어

오직 나 홀로 평등심平等心이다

석교石橋의 봄비 소리에 아무런 뜻이 없다

僧問投子。一切聲是佛聲是否。投子云。是。僧云。和尚莫[尸+豖]沸碗鳴聲。投子便打。又問。麤言及細語皆歸第一義。是否。投子云。是。僧云。喚和尚作一頭驢得麽。投子便打。

어떤 스님이 투자화상에게 물었다.

"일체의 소리가 부처의 소리라고 하는데, 그렇습니까?"

투자화상이 말했다. "그렇다."

그 스님이 말했다.

"화상께서는 주전자의 물이 끓는 소리와 같은 말은 하지 마시오."

투자화상이 곧장 후려쳤다.

스님은 또다시 질문했다.

"거친 말이나 부드러운 말이 불법의 근본진리로 귀결한다고 하던데 그렇습니까?"

투자화상이 말했다. "그렇다."

스님이 말했다.

"화상을 한 마리 나귀라고 불러도 되겠습니까?"

투자화상이 바로 후려쳤다.

[ 第080則]

## 조주화상과 어린애의 육식

一急水上打毬

갓 태어난 송아지가 목자牧者의 눈을 본다

불성의 지혜 작용이 거울에 비친 것처럼

무명심無明心

아기의 눈망울에 차별 없는 내가 있다

마음 안 아기가 아기를 만나니

송사리로 부르고

강아지로 부른다

식신에 첫 세상 비치니 둔한 몸에 맑음 뿐이다

僧問趙州。初生孩子。還具六識也無。趙州云。急水上打毬子。僧復問投子。急水上打毬子。意旨如何。子云。念念不停流。

한 스님이 조주화상에게 물었다.

"갓 태어난 아기도 육식을 갖추고 있습니까?"

조주화상이 말했다.

"급류 위에서 공을 치는 것과 같다."

그 스님은 다시 투자화상에게 질문했다.

"급류 위에서 공을 친다는 뜻은 무엇입니까?"

투자화상이 말했다.

"생각 생각의 흐름이 멈추지 않는다."

[ 第081則]

## 약산유엄선사와 큰 사슴을 화살로 잡는 선문답

一三步雖活

흙덩어리 갖고 노는 죽은 납승衲僧들

분별망상分別妄想이 집인 줄 알아

시구屍軀로 드러눕네

빈 화살 맞은 자 없으니 시구屍軀를 내놓으시게

아침 검은 고양이가 햇살을 가지고 논다

저녁 거미가 빗줄기를 타고 내려온다

지금은

햇살과 비에 걸려 죽거나 다칠 때

僧問藥山。平田淺草麈鹿成群。如何射得麈中麈。山云。看箭。僧放身便倒。山云。侍者拖出這死漢。僧便走。山云。弄泥團漢有什麽限。雪竇拈云。三步雖活五步須死。

한 스님이 약산화상에게 물었다.

"넓은 초원에 큰 사슴과 많은 사슴들이 무리를 이루고 있는데, 어떻게 하면 사슴 가운데 큰 사슴을 쏠 수가 있습니까?"

약산화상이 말했다.

"이 화살을 잘 봐라!"

그 스님이 바로 쓰러지자, 약산화상이 말했다.

"시자야! 이 죽은 놈을 끌어내라!"

그 스님이 곧장 도망치고 약산화상이 말했다.

"진흙을 갖고 노는 한심한 놈! 이런 놈들이 무슨 기약이나 있을까!"

설두화상이 이 이야기에 대해 말했다.

"세 걸음까지는 살아 있어도 다섯 걸음 가면 반드시 죽을 것이다."

[ 第082則]

## 대용大龍화상의 견고한 법신法身

一山花開似錦

출처용도出處用度 없는 한 물건을

사량思量할 수 없다

색신법신色身法身 차별심이

제 본성 덮씌우나

산 꽃이 옛 계곡 내려오고

대용의 냇물 차갑고 맑다

僧問大龍。色身敗壞。如何是堅固法身。龍云。山花開似錦。澗水湛如藍。

한 스님이 대용大龍화상에게 물었다.

"색신色身은 무너지게 되는데, 견고한 법신法身은 어떠한 것입니까?"

대용화상이 말했다.

"산에 핀 꽃은 비단결 같고, 깊은 계곡물은 쪽빛처럼 맑다."

[ 第083則]

## 운문화상의 고불古佛과 기둥露柱
### 一南山雲北山雨

고불古佛과 기둥의 전후사정前後事情 묻지 않는다

꿈속 구름 일고

꿈 밖에 비가 온다

당대唐代의 법당法堂인가 했더니

조선朝鮮의 운문雲門이다

雲門示衆云。古佛與露柱相交。是第幾機。自代云。南山起雲北山下雨。

운문화상이 대중에게 설법을 했다.

"고불古佛과 기둥(露柱)이 서로 교제하는데, 이것은 몇 번째 기의 작용(機)인가?"

운문화상 스스로 대답했다.

"남산에서 구름이 일어나니, 북산에서 비가 내린다."

[ 第084則]

## 유마거사의 불이법문不二法門

생각으로 절을 짓고 부처를 모시는가

달마는 확연무성廓然無聖

불식不識이라 하고

유마는 서쪽 하늘에서 침묵을 지킨다

維摩詰問文殊師利。何等是菩薩入不二法門。文殊曰。如我意者。於一切法。無言無說。無示無識。離諸問答。是爲入不二法門。於是文殊師利問維摩詰。我等各自說已。仁者當說。何等是菩薩入不二法門。雪竇云。維摩道什麽。復云。勘破了也。

유마힐이 문수사리에게 물었다.

"보살이 불이법문不二法門을 깨닫는 것은 어떤 것인가?"

문수가 말했다.

"내 생각으로는 일체의 법에 대해 말하거나 설할 수도 없고, 제시하거나, 알게 할 수 없으며, 모든 문답을 떠난 그것이 불이법문을 깨닫는 것입니다."

이에 문수사리보살이 유마힐 거사에게 물었다.

"우리는 각자의 말을 마쳤습니다. 거사께서 말씀해 보십시오. 불이법문에 드는 것은 무엇입니까?"

설두화상이 말했다. "유마거사가 무슨 말을 했는가!"

설두화상은 다시 말했다. "완전히 간파했다."

[第085則]

## 동봉桐峰화상과 호랑이
### 一掩耳偸鈴

얼굴 없는 납승衲僧들은 막말이 선문답禪問答

망상에 빠진 선승禪僧놀이 진흙탕 헤매이니

설두는 자비의 삼십봉三十棒을 운판雲版*으로 전한다

걸망 속에 태산 담고

해와 달 가려서

백장선사 선방에 그림자 숨겨왔네

동안거

만월 굴린 호랑이가 달빛 그림자 뛰어넘네

* 절에서 식사 시간을 알리기 위하여 치는 구름 모양의 금속판.

僧到桐峰庵主處便問。這裏忽逢大蟲時。又作麽生。庵主便作虎聲。僧便作怕勢。庵主呵呵大笑。僧云。這老賊。庵主云。爭奈老僧何。僧休去。雪竇云。是則是兩箇惡賊。只解掩耳偸鈴。

한 스님이 동봉화상의 암자에 이르러 동봉화상께 물었다.

"여기서 갑자기 호랑이를 만났다면 어떻게 하겠습니까?"

동봉화상이 갑자기 호랑이 소리를 내자, 스님은 바로 겁먹은 시늉을 하였다.

동봉화상이 크게 웃었다, 그 스님은 "이 늙은 도적아!"라고 말했다.

동봉화상은 말했다.

"노승을 어찌 하겠느냐?"

그 스님은 그만 두었다.

설두화상이 말했다.

"옳기는 옳지만, 악한 도적이, 단지 귀를 막고 방울을 훔칠 줄만 안다!"

[ 第086則]

# 운문화상의 광명光明

一好事不如無

본래 무일물本來 無一物에 한 물건 없었으니

눈 밖 대적광전大寂光殿 흔적 없이 사라지지

삼문三門*을 등 뒤로 돌려놓아

만물萬物이 광명光明이다

*

① 법공·열반으로 들어가는 세 가지 해탈문. 곧, 공문 무상문 무작문.

② 교종·율종·선종을 아울러 이르는 말.

雲門垂語云。人人盡有光明在。看時不見暗昏昏。作麽生是諸人光明。自代云。廚庫三門。又云。好事不如無。

운문화상이 대중에게 법문을 하였다.

"사람마다 모두가 광명이 있다. 보려고 하면 보이지 않고 깜깜하기만 하다. 어떤 것이 모든 사람들의 광명인가?"

스스로 대신하여 말했다.

"부엌의 삼문三門이다."

또 거듭 말했다.

"좋은 일도 없는 것만 못하다."

[ 第087則]

## 운문화상의 병病과 약藥

一藥病相治

분별자分別者를 위해 천지天地와 나를 가르고

약藥과 병病 서로 치유함과 같다 말하네

본면목本面目

불이법문不二法門에 인적이 끊겼다

어메가 빌던 보름달 북녘에 홀로 눕네

눈꽃 발이 녹두재 있고

벚꽃 발 아직 보릿재 있다

고픈 봄

원망 없는 흰 꽃 날려

가만히 사립을 닫네

雲門示衆云。藥病相治。盡大地是藥。那箇是自己。

운문화상이 대중에게 설했다.

"약과 병이 서로 치료한다. 온 대지가 약이다. 무엇이 자기인가?"

[ 第088則]

## 현사화상의 세 가지 병

一玄沙三病

네 돌아갈 곳은 어차피 꿈이겠지만

허무와 들녘이 서로 포개 있으니

무無! 아닌 들꽃의 언어로 가을을 노래하시게

보고 들어 말함이 꿈도 생시도 아니니

관觀하여 떨치면

옛집이 텅 비어 있다

공휴일公休日

만상萬像의 눈 귀 입, 햇살이 쏟아진다

玄沙示衆云。諸方老宿。盡道接物利生。忽遇三種病人來。作麽生接。患盲者。拈鎚竪拂。他又不見。患聾者。語言三昧。他又不聞。患啞者教伊說。又說不得。且作麽生接。若接此人不得。佛法無靈驗。僧請益雲門。雲門云。汝禮拜著。僧禮拜起。雲門以拄杖挃。僧退後。門云。汝不是患盲。復喚近前來。僧近前。門云。汝不是患聾。門乃云。還會麽。僧云。不會。門云。汝不是患啞。僧於此有省。

현사화상이 대중에게 법문을 하였다.

"제방의 노스님들이 여러 중생들을 제접하고 이롭게 하는 법문을 한다고 하지만, 갑자기 귀머거리, 봉사, 벙어리가 찾아왔을 때는 어떻게 대응해야 할까?

소경에게 망치 방망이를 들고, 불자를 세워 보여도 그는 볼 수 없다. 귀머거리는 일체의 언어로 설법해도 들을 수가 없다. 벙어리는 말을 시켜도 말을 하지 못한다.

세 가지 병을 가진 사람을 어떻게 제접해야 할까?

만약 이를 제접하지 못한다면 불법은 영험이 없는 것이다."

어떤 스님이 운문선사에게 법문을 청했다.

운문선사는 말했다.

"그대는 절을 하라!"

스님이 절을 하고 일어나자,

운문선사는 그를 주장자로 밀쳐버렸다.

스님이 뒤로 물러서자, 운문선사가 말했다.

"그대는 눈이 멀지는 않았군!"

다시 그를 가까이 오라 하여 스님이 다가오자,

운문선사가 말했다.

"귀머거리는 아니네!"

운문선사가 "알겠는가?"라고 했다.

스님은 "모르겠습니다."라고 대답하니,

"그대는 벙어리가 아니네!"라고 말하자

그 스님은 이 말에 깨달았다.

[ 第089則]

## 관음보살의 천수천안

一通身手眼

이 일에 통신수안通身手眼 편신수안遍身手眼 따를 일 없어

평상심平常心이 몸이요

지혜 작용이 수안手眼이네

허공에 불명不明의 물건이 그림자 세운다

雲巖問道吾。大悲菩薩。用許多手眼作什麽。吾云。如人夜半背手摸枕子。巖云。我會也。吾云。汝作麽生會。巖云。遍身是手眼。吾云。道卽太殺道。只道得八成。巖云。師兄作麽生。吾云。通身是手眼。

운암화상이 도오화상에게 물었다.

"대비보살이 수많은 손과 눈을 가지고 무엇을 합니까?"

도오화상이 말했다.

"어떤 사람이 밤에 손으로 등 뒤의 베개 더듬는 것과 같다."

운암이 말했다. "나는 알았네."

도오화상이 말했다. "그대는 무엇을 알았다는 것인가?"

운암이 말했다. "온몸이 손이요 눈입니다."

도오화상이 말했다.

"말을 잘했지만, 8할 정도 맞는 말이다."

운암이 말했다. "사형은 어떻습니까?"

도오화상이 말했다. "온몸 전체가 손이고 눈이다."

[第090則]

## 지문智門화상과 반야지혜의 본체

一蚌含明月

마음에 만상萬像 비추어 봄날 빈 손 내민다

僧問智門。如何是般若體。門云。蚌含明月。僧云。如何是般若用。門云。免子懷胎。

어떤 스님이 지문화상에게 물었다.

"무엇이 반야 지혜의 본체입니까?"

지문화상이 대답했다.

"조개가 밝은 달을 삼킨다."

스님은 질문했다.

"무엇이 반야 지혜의 작용입니까?"

지문화상이 대답했다.

"토끼가 잉태했다."

[ 第091則]

## 염관官화상과 무소뿔 부채

一犀牛猶在

다섯 눈뜬 장승이 춤추고 꽃피우니

마당 위 그림자 없는 동자童子 천지 빗장 풀어놓네

계절없는 목숨들 제석천에 만발滿發하고

미륵산 절로 솟아나 화족족花簇簇 금족족錦簇簇*이다

* 꽃도 수북수북하고 비단도 수북수북하다.

鹽官一日喚侍者。與我將犀牛扇子來。侍者云。扇子破也。官云。扇子旣破。還我犀牛兒來。侍者無對。投子云。不辭將出。恐頭角不全。雪竇拈云。我要不全底頭角。石霜云。若還和尙卽無也。雪竇拈云。犀牛兒猶在。資福畫一圓相。於中書一牛字。雪竇拈云。適來爲什麽不將出。保福云。和尙年尊。別請人好。雪竇拈云。可惜勞而無功。

염관화상이 하루는 시자를 불러 말했다.

"무소뿔로 된 부채를 가져오너라!"

시자가 말했다.

"부채가 부서졌습니다."

염관화상이 말했다.

"부채가 부서졌다면 무소를 가져오라."

시자는 대꾸를 하지 못했다.

투자投子선사가 말했다.

"사양치 않고 끌고 오겠습니다만, 뿔이 온전치 못할까 염려됩니다."

설두선사가 말(拈)했다.

"나는 불완전한 뿔을 좋아한다."

석상石霜선사가 말했다.

"화상께 되돌려 줄 것이 없다."

설두선사가 말했다.

"소는 아직 그대로 있다."

자복資福선사는 일원상을 그리고, 그 가운데 우牛자를 썼다.

설두선사가 말했다.

"조금 일찍이 왜 빨리 제시하지 않았는가?"

보복保福선사가 말했다.

"화상은 나이가 들었으니 다른 사람에게 청하는 것이 좋겠습니다."

설두선사가 말했다.

"노력을 했지만 공이 없는 것이 아깝다."

[ 第092則]

## 세존의 설법

一世尊便下座

구름이 발 밑을 흐르나

흔적 없고

햇살이 삼계三界를 비추나

한 생각 없다

世尊一日陞座。文殊白槌云。諦觀法王法。法王法如是。世尊便下座。

세존께서 어느 날 법좌에 올랐다.

문수보살이 추를 치면서 말했다.

"법왕의 법을 자세히 관찰하라. 법왕의 법은 이와 같다."

세존은 곧바로 법좌에서 내려오셨다.

[ 第093則]

## 대광大光화상이 춤을 추다
### 一大光作舞

삿대 고함 어깨춤의 엉터리 선객禪客들

몰골이 옛 허수아비와 다름없다네

조선은 면전面前에 있는데

당대唐代의 춤을 추네

가는 빗소리를 속삭임으로 듣지 않네

바늘꽃 흔들림을 춤이라 하지 않네

늦봄이 안부가 궁금해 잠시 이름 빌렸을 뿐

僧問大光。長慶道。因齋慶讚。意旨如何。大光作舞。僧禮拜。光云。見箇什麽。便禮拜。僧作舞。光云。這野狐精。

한 스님이 대광화상께 물었다.

"장경長慶선사가 '재齋를 올리고 경찬한 것이다.'라고 말한 뜻은 무엇입니까?"

대광화상은 춤을 추었다.

스님은 절을 올렸다.

대광화상이 말했다.

"그대는 무엇을 보아 곧 바로 절을 올리느냐?"

그 스님은 춤을 추었다.

대광화상은 말했다.

"이 여우 같은 놈!"

[ 第094則]

## 능엄경의 법문

一楞嚴不見處

본바탕이 있으므로

견처見處 따질 수 없다

법성法性과 보는 성품性品이 둘이 아니므로

부처를 보았건 못 보았건

그대에 미치지 않는다

楞嚴經云。吾不見時。何不見吾不見之處。若見不見。自然非彼不見之相。若不見吾不見之地。自然非物。云何非汝。

능엄경에서 말씀하셨다.

“내가 아무것도 보지 않을 때, 어째서 내가 보지 않는 곳(不見處)을 보질 못하는가?

만약 보지 않는 곳을 본다면, 당연히 그것은 보지 않았다고 하는 상(不見相)이 아니다.

만약 내가 보지 않는다고 하는 그 곳(不見地)을 보지 않는다면, 당연히 보지 않는 불견不見은 상대적인 대상의 물이 아니고. 바로 그대 자신이 아니겠는가.”

[ 第095則]

# 장경화상과 여래의 말씀

一喫茶去

눈 밝은 자, 조사祖師를 따라가지 않고

스스로 돌이켜 자성自性을 밝힌다

보는가?

물어본다면 "차나 한잔 마시게"

마음의 당처 찾아 사람들 떠났으나

상 없는 제 면목을 도시에 남겼네

텅 빈 봄

햇살을 마주하면 불명인이 술을 따르네

長慶有時云。寧說阿羅漢有三毒。不說如來有二種語。不道如來無語。只是無二種語。保福云。作麼生是如來語。慶云。聾人爭得聞。保福云。情知爾向第二頭道。慶云。作麼生是如來語。保福云。喫茶去。

장경화상이 어느 때에 말했다.

"오히려 아라한에게 탐진치 삼독三毒이 있다고 말할지언정, 여래에게 두 종류 설법이 있다고 말해서는 안 된다. 여래께서 말씀이 없었다는 것이 아니라. 단지 두 종류의 말씀이 없었을 뿐이다."

보복화상이 말했다. "무엇이 여래의 말씀인가?"

장경화상이 말했다.

"귀먹은 사람이 어떻게 들을 수가 있겠는가?"

보복화상이 말했다. "그대가 제이두에서 말했구나."

장경화상이 말했다.

"무엇이 여래의 말씀인가?"

보복화상이 말했다. "차나 마시게!"

[ 第096則]

## 조주화상의 삼전어三轉語
## 一泥佛不渡水

법에 집착하니 진흙불 모심과 같다

자성自性 위에 첨탑尖塔을 세워 예배하는가

공안집公案集

일체 권속 비우니 등불과 벼루가 없다

쇠를 철불로 알고

나무를 법당으로 보니

만질 수 없는 법성의 지혜작용에 착着할 뿐

머리 위 삼계가 무너져도

털끝 하나 다치지 않네

趙州示衆三轉語。

조주화상이 대중에게 세 가지 심기일전의 법문을 하셨다.

[ 第097則]

## 금강경의 설법
一罪業消滅

비록 오고 감과 흔적 없다 할지라도

세세생생世世生生 길 잃을까 노심초사勞心焦思하여

옛 그대

잠든 머리맡 불서佛書 한 권 놓고 간다

金剛經云。若爲人輕賤。是人先世罪業。應墮惡道。以今世人輕賤故。先世罪業。則爲消滅。

금강경에서 말씀하시길 "만약에 사람들에게 업신여김과 천대를 받는다면, 이 사람은 과거세의 죄업으로 응당 악도에 떨어지는 과보를 받겠지만, 지금 금생에 사람들의 업신여김과 천대를 받은 거로, 과거세에 지은 죄업이 소멸된다."고 하였다.

[ 第098則]

## 천평선사의 행각

―西院兩錯

이보게 앞, 뒤 둘러볼 필요 없네

앞 목이 한 칼이요

뒷 목도 한 칼이네

그림자 뭉갠 자리가 요람搖籃이자

본면목本面目이라네

한 생각 흔들어

뿌리와 잎 달았으니

서원의 공덕이 성성한 여름이지만

내게는 묻지 않는 이름 그 조차 못하겠네

天平和尙行脚時參西院。常云。莫道會佛法。覓箇擧話人也無。一日西院遙見召云。從漪。平擧頭。西院云。錯。平行三兩步。西院又云。錯。平近前。西院云。適來這兩錯。是西院錯。是西院錯。是上座錯。平云。從漪錯。西院云。錯。平休去。西院云。且在這裏過夏。待共上座商量這兩錯。平當時便行。後住院謂衆云。我當初行脚時。被業風吹。到思明長老處。連下兩錯。更留我過夏。待共我商量。我不道恁麽時錯。我發足向南方去時。早知道錯了也。

천평선사가 행각할 때 서원화상을 참문했다.

서원은 항상 말했다.

"불법을 안다고 말하지 말라, 한 사람도 화두를 제기하는 사람은 찾아볼 수 없구나!"

하루는 서원화상이 멀리서 바라보고 천평 부르며 말했다.

"종의야!"

천평선사가 머리를 들자, 서원화상은 "틀렸다!"라고 말했다.

천평선사가 두세 걸음 걸어가자, 서원화상이 또다시 "틀렸다!"라고 말했다.

천평선사가 가까이 다가서자, 서원화상이 말했다. "지금 두 번 "틀렸다"고 말했는데, 서원이 틀렸는가, 상좌가 틀렸는가?"

천평은 말했다.

"종의가 틀렸습니다."

서원화상은 또다시 "틀렸다"고 말했다.

천평선사가 그만두려고 하자, 서원 화상이 말했다.

"여기에서 여름을 지내며 상좌와 함께 두 번 틀렸다는 점을 살펴보도록 하자."

천평선사는 바로 나가버렸다.

그 뒤에 선원에 머물면서 대중들에게 말했다.

"내가 처음 행각 할 때에 업풍業風에 끌려 사명장로의 처소에 이르렀더니, 계속 두 번이나 "틀렸다!"고 말하였다, 또 그곳에 머물며 여름을 보내며 함께 살펴보자고 하였다. 나는 당시 틀렸다는 사실을 몰랐는데, 그곳에서 남쪽으로 떠날 때 비로소 틀린 것임을 알았다."

[ 第099則]

## 숙종황제의 십신조어十身調御 一踏毘盧頂上

무엇이 있는 것도 없는 것도 아닌데

무일물無一物* 안팎에 갇혀 너와 나 마주하네

우리가 산 것도 죽은 것도 아닌데

본래 물本來 物 앞뒤로 나눠 술 한 잔 주고받네

* 한 물건도 없음.

肅宗帝問忠問師。如何是十身調御。國師云。檀越踏毘盧頂上行。帝云。寡人不會。國師云。莫認自己淸淨法身。

숙종황제가 혜충국사에게 물었다.

"무엇이 십신十身 조어調御입니까?"

혜충 국사가 말했다.

"단월檀越이여! 비로의 정상을 밟고 가시오."

숙종 황제가 말했다.

"과인은 잘 모르겠습니다."

혜충국사가 말했다.

"자기의 청정법신을 인정하지 마시오."

[ 第100則]

## 파릉화상의 취모검

一枝枝撐著月

가도 간 바 없고

왔어도 온 바 없다니

허공에 심은 말의 씨앗은 어쩌렵니까

몽중인夢中人

입 밖 그자가 꿈결 벚나무 흔든다

僧問巴陵。如何是吹毛劍。陵云。珊瑚枝枝撐著月。

한 스님이 파릉화상에게 물었다.

"어떤 것이 취모검입니까?"

파릉화상이 말했다.

"산호의 가지가지마다 달이 달려 있네."

불교문예시인선 • 049
벽암시록 진진삼매碧巖詩錄 塵塵三昧


초판 1쇄 인쇄 | 2022년 06월 20일
초판 1쇄 발행 | 2022년 06월 30일

지은이 | 황성곤
펴낸이 | 문병구
편　집 | 구름나무
디자인 | 쏠트라인saltline
펴낸곳 | 불교문예출판부

등록번호 | 제312-2005-000016호(2005년 6월 27일)
주　　소 | 03656 서울시 서대문구 가좌로2길 50
전화번호 | 02) 308-9520
전자우편 | bulmoonye@hanmail.net

ISBN : 978-89-97276-65-3 (03810)
값 : 15,000원